河北省社科基金项目"大海意象与伍尔夫女性主体意

海洋与女性主体
伍尔夫海洋意象解读

王民华 著

- 海洋意象与"不可说"
- 《远航》中的海洋意象与自由宣言
- 《到灯塔去》的海洋意象与女性价值
- 《海浪》的海洋意象与身份构建
- 海洋与命运共同体的构建

燕山大学出版社
·秦皇岛·

图书在版编目（CIP）数据

海洋与女性主体：伍尔夫海洋意象解读 / 王民华著. —秦皇岛：燕山大学出版社，2023.1

ISBN 978-7-5761-0356-4

Ⅰ.①海… Ⅱ.①王… Ⅲ.①伍尔夫（Woolf，Virginia 1882—1941）—小说研究 Ⅳ.①I561.074

中国版本图书馆 CIP 数据核字（2022）第 081080 号

海洋与女性主体
——伍尔夫海洋意象解读
王民华　著

出 版 人：陈　玉	
责任编辑：孙志强	策划编辑：孙志强
责任印制：吴　波	装帧设计：刘　丹
出版发行：燕山大学出版社 YANSHAN UNIVERSITY PRESS	
地　　址：河北省秦皇岛市河北大街西段438号	
电　　话：0335-8387555	邮政编码：066004
印　　刷：涿州市般润文化传播有限公司	经　　销：全国新华书店
开　　本：140mm×210mm　1/32	印　　张：6.375
版　　次：2023年1月第1版	印　　次：2023年1月第1次印刷
书　　号：ISBN 978-7-5761-0356-4	字　　数：130千字
定　　价：32.00元	

版权所有　侵权必究
如发生印刷、装订质量问题，读者可与出版社联系调换
联系电话：0335-8387718

前 言

弗吉尼亚·伍尔夫（1882—1941）在现代文学史中占有重要地位，人们通常把乔伊斯、普鲁斯特和伍尔夫并称为现代主义作家的代表人物。伍尔夫作品中的意识流、意象等"有意味的形式"在小说的内容和形式上实现了革命性的创新，体现了作者独特的审美情感，具有划时代的意义，极大地引领了文学的走向。

伍尔夫重视对内在真理的揭示，抽象地发展了文学的主观能动方面，使现代西方小说的心理描写有了更大的深度、更多的层次。她主张作家的首要任务是表达内在的真实。伍尔夫认为"生活是一圈明亮的光环，生活是与我们的意识相始终的、包围着我们的一个半透明的封套。把的永恒、外部世界和内部世界都是小说涉及的主题。伍尔夫讨论了面对生活的难题，人们感受到的压抑、焦虑、希望和想象。伍尔夫诉说了女性人物复杂的心理状态，以及最终的和谐与和解。大海展现在人们面前，融入了人们的生活，参与了人们的认知过程，促进了人们的心理成长。

在《海浪》中，伍尔夫表现出更深层的人文关怀，描述了现代人在内心世界和外部世界、个性和群体、过去和现在的对立力量中的精神困境。在一个充满混乱和约束的世界里，女性对自身身份的追求徒劳无功。波浪的运动被内化为人们精神追求的节奏。女性似乎随着波浪的起起伏伏寻找自己的身份，但是在父权社会的现实面前，她们的追求最终是徒劳的。涌动的海浪隐喻了人们的生命历程，海浪的节奏与生活中"周一之后就是周二"的节奏相契合，浪花的涌起回落，也象征着人类的自我建构和解构的过程。小说中每个人的视角都不是孤立的，都与他人的情感、理解和印象交织融合在一起，互为补充，互为印证，任何男性或女性的命运都是整体的一部分，是"你中有我，我中有你"的状态，人们的痛苦或者幸福是相通的。

在伍尔夫中后期的小说创作中，人与自然被置于同等重要的地位。而且，自然具有了拟人性和情感性，《海浪》中大海、日光、小鸟、树木与人类并置，与人类构成了统一的生态整体，这些非人类的生命个体，不再是"客体"，而是有生命的"主体"，与人类构成了命运共同体。伍尔夫重视人与自然之间的道德和谐，将人类的情感和行为与"非人类"世界并置，并赋予同样的价值内涵。

前言

伍尔夫的第一本小说《远航》出版后,人们开始关注她的作品创作。伍尔夫在1932年3月的一篇日记中写道:"两本关于弗吉尼亚·伍尔夫的书刚刚出现在法国和德国。这是一个危险的信号。我不能沉迷于一个数字。"[①]从此以后,评论家们对她的写作开始了持续的关注和评论,其中对伍尔夫意象的研究可以追溯到20世纪40年代。人们把伍尔夫视为先锋派,但这一时期关于弗吉尼亚·伍尔夫的专著数量很少。罗宾·马朱姆达尔和艾伦·麦克劳林编撰的《弗吉尼亚·伍尔夫:批判遗产》收录了从1915—1941年间的135篇伍尔夫相关研究文章,其中既有肯定的声音,也有否定的声音。在这一时期关注伍尔夫小说形式的少数几篇评论文章中,研究了伍尔夫小说中意象的运用,但很少关注意象与小说主题的关系。

"二战"后,伍尔夫的声誉急剧下降,但随着20世纪70年代女权主义批评的兴起,她的声望重新确立。伍尔夫关于女性感知和女性书写方面的独特观点引起了文学评论家的注意。一些评论家从女权主义和女性写作的角度研究了伍尔夫小说中的意象。20世纪60年代和70年代出版的伍尔夫日记、传记、散文和信件为研究伍尔夫提供了丰富的资源,1953年,伍尔夫的丈夫伦纳德·伍尔夫在《一位作家的日记》中将她的部分日记公布于世;《弗吉尼亚·伍尔夫散文集》发表于1966—1967年;她的侄子昆汀·贝尔在1972年出版了她的传记;伍尔夫的六卷书信出

---

① Virginia Woolf, The Diary of Virginia Woolf, Volumn 4, New York: Harvest/HBJ Book, 1983, p. 85.

海洋与女性主体
—— 伍尔夫海洋意象解读

版于1975—1980年。通过对这些资料的研究，评论家们对伍尔夫的写作观和美学观有了更深刻的认知。有些评论家注意到她在小说中对意象的运用。大卫·洛奇在其专著《现代写作模式：隐喻、转喻和现代文学的类型》中考察了伍尔夫从《远航》到《海浪》的现代主义写作过程，并得出结论：小说中的传统元素，如人物、情节和背景，已被符号、母题以及典型的现代主义元素所取代。洛奇还指出，在伍尔夫的小说中，"存在的瞬间"就是生命意义之所在，他断言伍尔夫的"经验传达已经从转喻发展为隐喻"[1]。总体而言，20世纪70年代，关于伍尔夫的研究出现了大幅度增加，但只有少数评论家注意到伍尔夫作品中的意象和符号所体现的现代主义元素，并没有出现系统分析伍尔夫海洋意象的著作。

从20世纪80年代至今，对伍尔夫的研究主要集中在女性主义、现代主义、后现代主义、传记研究、政治和历史等各个角度。其中，一些学者开始研究伍尔夫作品中精妙的意象。阿德里安·维利克在《弗吉尼亚·伍尔夫实验小说的统一策略》[2]中认为，伍尔夫小说缺乏情节，再加上意识流的运用，就需要建立一个新的框架，实现小说的统一性和连贯性，这个框架是由自然循环达成的。就《海浪》而言，意象发挥了很大的作用。《弗吉尼亚·伍尔夫

---

[1] David Lodge, Modes of Modern Writing: Metaphor, Metonymy and the Typology of Modern Literature, London: Edward Arnold Ltd, 1977.

[2] Adrian Velicu, Unifying Strategies in Virginia Woolf's Experimental Fiction, Stockholm: Almqvist & Wiksell International, 1985.

小说研究》强调了《雅各的房间》和《海浪》中的意象和隐喻在探索人物心理和意识方面的重要作用。《表象下的真实：〈远航〉中的意象图景》探讨了伍尔夫在她的首部小说中如何系统地使用意象来创建图景，并实现对小说的把握，建立意象和主题的关联，从而实现小说的思想深度。研究者们在伍尔夫小说的意象和主题之间建立了联系，认为意象不仅是独特的创作元素，而且是人物意识和心理的表现。

近年来，随着研究资源的不断丰富，一些评论家和学者从多个角度探讨了她的作品中的海洋意象，但海洋意象在阐释作品主题方面的重要作用，还有待进一步地挖掘。

伍尔夫的作品早在20世纪30年代就被介绍到中国。1932年，叶公超翻译了她的《墙上的斑点》。但直到20世纪90年代，伍尔夫的作品才被大量引入中国。伍尔夫研究学者瞿世镜开创了伍尔夫研究的先河，他撰写了关于弗吉尼亚·伍尔夫的专著，介绍了国外对伍尔夫的评论，并对她的意识流小说进行了深入研究。他的《意识流小说家弗吉尼亚·伍尔夫》分析了伍尔夫小说的形式与结构、独特的表现形式、美学表达和杂糅的艺术形式。瞿世镜的《音乐、艺术和文学：意识流小说的比较研究》强调伍尔夫对人物意识的关注，认为她揭示了人物隐秘而复杂的内心世界。瞿世镜不仅把伍尔夫的作品介绍到中国，更为伍尔夫研究奠定了良好的基础。李维屏的学术著作《英美意识流小说》《英国小说艺术史》《英国小说人物史》等探讨了伍尔夫在文学革命中的开拓精神，以及她在形式和结构上的创新。20世纪90年代以来，关于弗吉尼亚·伍尔夫的专著和文章层出不穷，主要讨论她的意识流技巧、双性同体思想、叙事技巧和真实观，涵盖了精神分析、哲学、语言学、政治、历史和传记等不同领域。一些评论家从象征主义、女权主义和精神分析的角度分析了伍尔夫小说中的意象及其象征意义，到目前为止，国内关于伍尔夫小说中海洋意象的论述和专著很少，鲜有涉足海洋意象与小说主题的关系。

对伍尔夫研究的文献回顾表明，尽管伍尔夫的意象研究始于近80年前，但很少有专门阐述海洋意象的论文和专著。在为数不多的关于意象的文章中，海洋在伍尔夫的小说中并没有被视为中心意象，海洋意象对小说主题的表征作用、海洋意象所体现的审美价值以及海洋意象功能的变化都没有得到充分的探讨，这是本书写作的背景和渊源。

目 录

第一章　海洋意象与"不可说" …………………… 1
　　第一节　伍尔夫的"内在真实"观 …………………… 3
　　第二节　记忆、显示与海洋意象 …………………… 10
第二章　《远航》中的海洋意象与自由宣言 ………… 22
　　第一节　海洋意象与女性无意识 …………………… 27
　　第二节　性、爱情与自由 …………………… 35
　　第三节　疾病的政治性隐喻 …………………… 53
第三章　《到灯塔去》的海洋意象与女性价值 ………… 68
　　第一节　海洋意象与二元对立 …………………… 70
　　第二节　"屋子里的天使"与"渔夫的妻子" …… 73
　　第三节　海洋、距离与回忆 …………………… 90
第四章　《海浪》的海洋意象与身份构建 ………… 107
　　第一节　海浪与身份追求 …………………… 112
　　第二节　海洋与人类的并置 …………………… 118
　　第三节　海洋、群体与女性个体 …………………… 126

第五章　海洋与命运共同体的构建 …………………… **146**

结语 ……………………………………………… **167**

参考文献 ………………………………………… **175**

后记 ……………………………………………… **189**

第一章　海洋意象与"不可说"

第一次世界大战给人们带来了强烈的震撼，仿佛人们世代辛苦经营的大厦瞬间倒塌，人们感到人生的变化无常，由此产生的危机感几乎成了西方社会人们普遍性的感受。时代发生了巨变，现代作家生活在动荡的"斜塔"之上，与过去的文学先辈们有着巨大的差异。"我们被干脆割断了与我们先辈的联系。稍微变动了一下衡量的尺度——许多时代以来被放在一定位置的一大堆东西，就突然坠落了——已经彻头彻尾地震动了那个组织结构，使我们和过去疏远了，并且使我们或许过分鲜明地意识到现在。每天我们都会发现自己在做着、说着、想着对我们的父辈

海洋与女性主体
——伍尔夫海洋意象解读

说来是不可能的事情。"①在伍尔夫看来,那些19世纪的伟大作家有着相同的自然信念,他们确信生活具有某种伟大的品质。他们了解人与人之间、人与自然之间的关系。而伍尔夫同时代的作家生活在两次世界大战之间,不是处于战争中,就是处于战争的威胁中,在外部世界带来的巨大灾难面前,丧失了坚定的信念,他们需要把目光从令人感到烦闷的外部世界移开,关注客观世界在个人的心灵中留下的烙印、个人的情感和感觉、心灵深处和知觉的变化。伍尔夫认识到世界在变化,变化是生活的本质,任何作家都必须面对变化。现代的作家们应该描写现代人内心深处的所思所想、真情实感,不管这些想法是多么奇怪、难以捉摸、转瞬即逝。在《普通读者》中,她宣告了自己创新的决心:

"灵魂每时每刻都在产生奇迹。活动和变化是人生的精髓。僵硬就是死亡,苟同于人也是死亡。那就让我们把脑子里想的东西都说出来,不怕一说再说,不怕自我否定,不怕说傻话,一任想象自由奔放,汪洋恣肆,不必担心世人做什么,想什么,说什么。因为,除了生命——当然,还有正常状态——其他一切都无关紧要。"②

伍尔夫在著名的《贝内特先生与布朗夫人》一文中

---

① 弗吉尼亚·伍尔夫著,瞿世镜译,《论小说与小说家》,上海:上海译文出版社,2009年,第283页。
② 弗吉尼亚·伍尔夫著,刘炳善译注,《书和画像》,南京:凤凰出版传媒集团译林出版社,2008年,第21页。

指出,那些被称为"物质主义者"的作家①仿佛客观地描述贝内特先生和布朗夫人,他们每年的收入、他们所居住的房屋。但是这远非他们每个人的真实自己,伍尔夫倡导从"外部真实"转向人们的"内在真实",他们灵魂中的最隐秘处、意识的流动、刹那的印象和情感。她认为这些"存在的瞬间"就是生命的本质,是最重要的、最真实的东西。自我是由感知世界的方式、激活或抑制意识流动的记忆和情绪来定义的。伍尔夫努力地追求"有意味的形式"来表达"内在真实"。

第一节 伍尔夫的"内在真实"观

伍尔夫的真实观无疑受到布卢姆斯伯里文艺圈的影响,这个文艺圈由英国作家、知识分子、哲学家和艺术家组成,最著名的成员包括伍尔夫的姐姐瓦内萨、姐夫克莱夫·贝尔,约翰·梅纳德·凯恩斯,E.M.福斯特,罗杰·弗莱,莱顿·斯特拉奇等,弗吉尼亚·伍尔夫是其中的重要成员和积极参与者。罗杰·弗莱于1910年11月8日至1911年1月15日举办了他的后印象派画展。后印象派开创了一系列个人风格,侧重于表现传统艺术作品甚至印象派作品中缺失的情感、结构、象征和精神元素。这种新的艺术流派

---

① 在《贝内特先生和布朗夫人》一文中,伍尔夫把爱德华时代的作家威尔斯、贝内特和高尔斯华绥称作"物质主义者",他们注重描写人物的外部世界,而缺乏对他/她的灵魂的描写。

海洋与女性主体
——伍尔夫海洋意象解读

对各种艺术形式产生了巨大的影响。毫无疑问，伍尔夫同样受到了后印象派的重要影响和启发。为了传达复杂的内心世界，伍尔夫一直在追求和试验新的艺术形式。伍尔夫非常重视对"内在真实"的探索，那些似乎无法言说的情感、印象和想法是最实在、最真实的东西，也是个体区别于他人的灵魂深处的东西。

《牛津英语词典》将"意象"简要定义为"代表或被视为代表其他事物的事物，一种符号、标记、象征"。早在13世纪，意象这个词就出现在文学创作的框架之外，其含义是"复制"。如果不了解20世纪初的意象主义运动，就很难解读文学世界中的"意象"。意象主义运动重视语言及其表现形式。意象派从中国古代诗歌和日本诗歌中汲取了大量的营养，认为意象而非文字是传达作家情感和思想的有力工具。诗歌中的意象不仅仅是一幅画面；相反，它揭示了一个复杂的心理过程。这些难以用语言表达的主观感受和想法，通过意象接近读者，现实中或脑海中的意象唤起读者的认知和反应。庞德、狄金森和艾略特的伟大之处很大程度上在于奇妙的意象运用。意象主义的观念和手法对20世纪初的小说家产生了重大影响。众所周知，伟大的现代主义作家乔伊斯、普鲁斯特和亨利·詹姆斯对意象的运用同样令人拍案叫绝。

西方文学作品中意象的激增与20世纪现代人所遭受的失落感和精神困境密切相关。意象的运用是对人类内心世界的探索。20世纪初，人们的生活和思想经历了前所未有的变化。"一战"似乎摧毁了人们的精神世界，将传统伦理、道德和价值观撕成碎片。挫折感、不安全感甚至绝望感统治着现代人。在这样的背景下,艺术家们将注意力从外部世界转移到了内心世界,试图表达现代人的感受和印象。对伍尔夫来说,"一战"带来的刺激和震动,比造成这种刺激和震动的客观现实来得更为明显强烈①。她认为,即使面对同样的局面,每个人的感觉、看法也会千差万别,而且,人们的想法和感情处于变化中。如何捕捉人们微妙的心理和感情并呈现给读者是现代作家要面对的问题。

此外,科学领域的关注点也从宏观现实转向微观世界。相对论和量子力学这两大科学发现给人们的思想带来了革命性的变化,人们的注意力从外部世界回归到了思想深处。在这一时期,弗洛伊德"人性恶"的观点深入人心,他认为黑暗、冷酷和丑恶的力量决定着人的命运。弗洛伊德把人的意识结构分为三个层次:潜意识、前意识和意识。人的心理过程自身就是潜意识的。潜意识是指人的本能冲动和被压抑的欲望,是人类心理活动的基础和内驱力,决定着人全部的、有意识的生活。潜意识中被压抑的本能欲望属于动力性潜意识,而非动力性潜意识也被称为前意识,是可以被回忆起来的、过去的经验,是一种临近意识但还未进入意识的被压抑的欲望。因此,人们在清醒状态下的意识,不过是冰山的上部,而淹没于水面之下的绝大部分,是潜意识本能欲望的黑暗帝国。西方人对

---

① 弗吉尼亚·伍尔夫著,瞿世镜译,《论小说与小说家》,上海:上海译文出版社,2009年,348页。

海洋与女性主体
——伍尔夫海洋意象解读

于人性的认识复杂化了,"一战"的残酷使伍尔夫接受了弗洛伊德的影响。学者们经常引用伍尔夫的一句话,那就是"在1910年12月,或者大约在这个时候,人性改变了"①。伍尔夫认识到人性更加复杂化,人们在现实世界的身份并非真实的自我,那些水面之下的感觉、印象慢慢涌现在人们的意识表面,这是人物的内在真实,是小说家要表现的东西。

如何表达内心此起彼伏的情感和印象是艺术家们面临的重要问题。伍尔夫意识到同时期的作家煞费苦心地从事文学创作,但那些鸿篇巨制并不真实,他们按照传统的方式写作,安排约定俗成的情节、设计喜剧或悲剧、烘托氛围、塑造人物,浪费了技巧和精力,这些"物质主义者"披着"真实"的外衣,小说中的人物穿着现代人的衣服,过着现代人的生活,但是他们的生活是伪生活,远离真实世界。伍尔夫在《普通读者》中谈到了她极具创新的、革命性的写作观:

"往深处看,生活好像远非'如此'。把一个普普通通的人物在普普通通的一天中的内心活动考察一下吧。心灵接纳了成千上万个印象——琐屑的、奇异的、倏忽即逝的或者用锋利的钢刀深深铭刻在心头的印象。它们来自四面八方,就像不计其数的原子在不停地簇射;当这些原子坠落下来,构成了星期一或星期二的生活,其侧重点和以

---

① 弗吉尼亚·伍尔夫著,瞿世镜译,《论小说与小说家》,上海:上海译文出版社,2009年,第291页。

第一章

往有所不同；重要的瞬间不在于此而在于彼。"①

简而言之，伍尔夫认为，这些作家并没有描写现代生活的本来面目，忽视了现代人复杂、模糊、流动的心理感受。伍尔夫在以契诃夫、陀思妥耶夫斯基和托尔斯泰为代表的俄国作家中读到了"生活的本来面目"，他们描写的是人的灵魂、人们内心深处的真情实感，尽管这些描写似乎唐突、断续，但伍尔夫认为这才是活生生的生活本身。俄国作家摆脱了社会条条框框的限制，他们不是考察整个社会，他们关注的是有灵魂的个人。伍尔夫在《俄国人的观点》一文中对陀思妥耶夫斯基的小说充满了赞誉之词，同时表达了她对未来小说内容的思考：

"陀思妥耶夫斯基却没有受到这种限制。不论你是贵族还是贫民，是流浪汉还是贵妇人，对他来说全都一样。不论你是谁，你是容纳这种复杂的液体，这种模糊的、冒泡的、珍贵的素质——灵魂的器皿。它洋溢、横流，与其他灵魂融汇在一起。"②

在伍尔夫看来，传统的小说家站在"全知全能"的视角下俯瞰芸芸众生，安排他们的命运和社会生活，但是，"一战"之后，人们与他们的父辈已经隔离，20世纪复杂人性的表达无法借助于19世纪文学的惯用模式。当人们阅读法国、美国和俄国的小说时，发现法国的普鲁斯特、美

---

① 弗吉尼亚·伍尔夫著，瞿世镜译，《论小说与小说家》，上海：上海译文出版社，2009年，第8页。
② 弗吉尼亚·伍尔夫著，瞿世镜译，《论小说与小说家》，上海：上海译文出版社，2009年，第246页。

国的亨利·詹姆斯和俄国的陀思妥耶夫斯基并没有重点描画物质世界，读者借由他们的视角，看到的是客观世界在人物意识屏幕上的投影。

　　伍尔夫认为，积聚在我们内心深处的各种印象和感觉不断地涌现到我们的意识层面，这就是内在真实。现代人的心灵充满了可怕的、混杂的、难以控制的感情，感受到生活的美丽，也体会到生活的狰狞。人们看到宗教和科学的对立而无所适从，人与人之间连接的纽带随着科学技术的发展似乎松弛了，甚至断裂了。英国历史上伟大的戏剧诗无法表达这样的情绪，传统小说的人物和情节设计也无法承载这样的任务。伍尔夫从伊丽莎白时期的诗剧、英国的传统小说以及俄国、法国、美国的心理小说中受到启发，提出了对于未来小说发展方向的设想。在《狭窄的艺术之桥》中，伍尔夫提出改革小说的样貌，提出小说用散文写成，是兼具诗歌特征的散文，因为散文可以用来表达心灵的这些复杂的感受。她的代表作《到灯塔去》具有明显的散文特征，尤其是第二章《岁月流逝》完全是一首散文诗。她的最具实验性的小说《海浪》像是一出诗剧、一幅印象派画作、一部反复咏唱的音乐剧，体现了绝美的多种艺术形式的杂糅。她在《一位作家的日记》中也给自己的小说提出了一些名称："挽歌""心理学的诗篇""传记""戏剧诗""自传""随笔小说"等。

　　伍尔夫感兴趣的是世界呈现意义的方式，因此，她并不重视人物的动机或行为，相反，她更关心的是作为感知者的人物，以及他或她的举止如何阻碍或刺激感知。"物质主义者"贝内特、威尔斯或高尔斯华绥认为，一个角色的心理变化永远不能通过物质或社会条件来揭示，伍尔夫认为，普通人在平常的一天产生的印象像原子般纷纷坠落，作家要找到"有意义的"形式描写这样的"存在的瞬间"，这些瞬间就是生命的本质。伍尔夫借助内心独白、沉默和意象等来表达那些无法言说的东西。在伍尔夫的写作中，外部意象已经成为一种非常重要的形式，传达人物的心理感受和象征意义。在《倾斜之塔》中，伍尔夫描写了人们从无意识到意识的转变：

"让我们假设你度过了忙碌紧张的一天，游览伦敦城。回家以后你能不能说得上来你都看见了什么，做了些什么？你的记忆中是不是一团模糊，一片混乱？但在片刻歇息之后，一个转过身去看一看不同的东西的机会，那些原来使你感兴趣的景象、声音和话语就又都浮上意识的表面，显然和这些情景实际发生的情况相符，依然存留在记忆里；那些不重要的东西沉落在意识中给遗忘了。"①

这些景象、声音和话语就是重要的意象，它们慢慢地由潜意识进入意识，引起人们的心理变化。实际上，意象经常出现在人物的独白和沉默中，似乎不经意间，这些意象就进入读者的听力范围和视线中，读者体验到书中人物的所思所想，人物的心理历程通过意象在读者面前展开。

通过意象的运用，人物内心深处的感受、转瞬即逝的印象、难以捉摸的顿悟展现在读者面前。那些难以言说的

---

① 弗吉尼亚·伍尔夫著，王义国等译，《伍尔夫随笔全集》II，北京：中国社会科学出版社，2001年，第713页。

部分呈现了出来。伍尔夫在小说中巧妙地运用这些意象，内心深处的东西被看见、被听见，为读者所体会、感悟。伍尔夫的小说似诗如画，主旨深意蕴含在意象中。这些意象大量出现在《远航》《达洛卫夫人》和《到灯塔去》中，并在《海浪》中将意象的运用发挥得淋漓尽致。通过流畅而熟练地使用意象，伍尔夫清晰地表达人类的意识甚至潜意识，呈现生命存在的瞬间，似乎在不经意间传达着作家的生命感受。

第二节 记忆、显示与海洋意象

在伍尔夫的小说中，意象的运用是一种非常重要的表达方式。在许多情况下，情绪或心理状态无法通过意象以外的任何东西加以同构。事实上，弗吉尼亚·伍尔夫小说中的一些意象运用得如此巧妙，以至于如果缺乏对这些意象的分析，对主题的探索似乎就无法实现。例如，在《雅各的房间》中，雅各的房间是他的庇护所，是雅各灵魂的象征；《达洛卫夫人》中的大本钟将陌生人连接起来，使人们的意识得以并置；《到灯塔去》中的灯塔之光象征着拉姆齐夫人的精神追求和自我认同；《岁月》中的自然景象暗示着衰败和衰老的迹象。同时，伍尔夫通过打破能指与所指之间的联系，对意象采取了一种全新的、革命性的方法。在伍尔夫看来，能指（意象）和所指之间不一定存在直接关系。她有时在新的语境中引入旧的意象，有时对

第一章 海洋意象与"不可说"

意象的有效性进行解构。读者对伍尔夫小说中的意象存在着不同的解读，也就产生了对伍尔夫文本的不同理解和批评。伍尔夫笔下的意象是她作品的一大特色，极大地丰富了作品的内涵，增强了作品的美学价值。

在伍尔夫各种各样的意象中，海洋意象最为突出，在伍尔夫九部小说中都能听见大海的声音。《远航》《到灯塔去》和《海浪》是不同创作时期的代表性小说，这三部小说的标题都与大海有着密切的联系。可以得出这样的结论：海洋意象是伍尔夫小说中的中心意象。但在国内外关于伍尔夫的研究中，很少有专门阐述伍尔夫作品中海洋意象的研究专著或论文。

关于海洋形象的讨论离不开西方历史，海洋是西方文学作品中反复出现的意象。尤其是在英国的海洋文化中，它不仅出现在雪莱、济慈和柯勒律治的诗歌中，而且出现在许多其他文学作品中。海洋的意象显示出矛盾的隐喻表达：海洋是黑暗势力的象征，是疯狂的力量，是吞噬一切的魔鬼；同时，它又被视为生命之摇篮、自由之所在，天然地被视为母性的象征。

海洋是伍尔夫回忆的原初和灵感的来源。从1882年弗吉尼亚出生到1895年母亲去世，史蒂芬一家每年夏天都在圣埃夫斯度过。他们住在圣埃夫斯的托兰德屋，在屋子里就能听到海浪拍击着海岸，也可以看到海湾对面的戈德雷维灯塔。这里是家庭欢聚的乐园，永远是"世界上最可爱的地方"①。孩子们在野外奔跑、捕捉飞蛾,在海滩上散步,在海里游泳。海浪拍打着海岸,发出轻微的叹息声。

"……圣埃夫斯确实提供了一座让弗吉尼亚一再汲取的回忆宝藏;我们不但在《到灯塔去》和《雅各的房间》中,我想还包括在《海浪》中都觉察到了它。对她来说,康沃尔是她少年时代的伊甸园,一个难忘的天堂,她总是感激父母选定了那个地方。她会喜欢其他地方,可对于考内斯人民和考内斯的事物,她怀有一种故乡之情;它们似乎是由某种特别优质的材料做成的,这使它们比别的一切土地上的产物都更浪漫,也更卓越。"②

在母亲去世后,她的父亲没有续租房子,但圣埃夫斯总是吸引着弗吉尼亚,她多次回到这个海滨小城。1921年3月,她回到康沃尔,她相信康沃尔为她提供了富有想象力的生活的基础:

"为什么我对康沃尔怀有如此难以置信、不可救药的浪漫的感觉?我想,那是因为它是我的过往的一部分:我看见孩子们在花园里奔跑。春天的一天。生活如此新鲜。人们如此迷人。夜晚的大海之声……将近40年的生命,都是建立在这点上,为之渗透;为何如此,我永远无法解释。"③

---

① Virginia Woolf, The Diary of Virginia Woolf, Volume 2, New York: Harvest Books, 1980, p.105.
② 昆汀·贝尔著,萧易译,《伍尔夫传》,南京:江苏教育出版社,2005年,第36页。
③ Julia Briggs, Virginia Woolf: An Inner Life, London: Harcourt, 2005,p.163.

第一章　海洋意象与"不可说"

康沃尔是伍尔夫魂牵梦绕的地方，与父母和兄弟姐妹在一起的温馨生活成为她永远的怀念。圣埃夫斯海滩①是伍尔夫创作《到灯塔去》的灵感来源，小说的创作开启了伍尔夫的一次心理之旅，伍尔夫第一次直接把自己的童年经历投射到小说中，在小说中再现了父母在托兰德屋的生活，这种再现对于失去双亲的伍尔夫而言意义重大。对于这些"存在的瞬间"的回忆使伍尔夫产生了一种华兹华斯式的情感，只有当这些重要时刻在她的回忆中涌现出来，并书写出来，她才实实在在地感到这些时刻的重要性。过去的"存在的瞬间"得以延伸到当下，并赋予人们力量，以对抗人生中的困境和打击。《拉洛卫夫人》中的塞普迪莫斯和《海浪》中的罗达失去了记忆的能力，与过去隔离，也就失去了生存的能力。

伍尔夫说："我想我为自己做了精神分析学家为他们的病人所做的事情。我表达了一些长期以来深切感受到的情感。在表达的过程中，我诠释了这份感情，我的心也安顿了下来。"② 伍尔夫把对父母复杂的感情与对海洋的情感融合，小说中拉姆齐夫妇和朋友们在海滨小岛度假，海洋波涛的起伏与人物的情感密切相连，大海传达了人物的思绪，甚至启迪了人物的思想。更重要的是，当陆上的人物和海上航行的人物通过大海的连接发生并置，读者看到

---

① 圣埃夫斯海滩是康沃尔郡的一个海滨城市，当时，弗吉尼亚一家住在托兰德屋。
② Virginia Woolf, Moments of Being, New York, Harvest Books, 1985, p.81.

海洋与女性主体
—— 伍尔夫海洋意象解读

了海天一色,人们的差异褪去了,万物实现了融合统一,这是小说中拉姆齐夫人的人生意义所在,也正是伍尔夫母亲生前努力营造的理想的家庭氛围。

  海洋承载了伍尔夫最甜蜜的童年记忆,成为理想生活的代名词。同时,海洋的深不可测、流动不居就像是人们那些深潜的印象和感知,有的从潜意识中慢慢地浮现到人们的意识中,有的一直隐藏在心灵的深处,不易察觉。伍尔夫运用海洋意象表达个人无法言说的意识和潜意识的内容,这就是最重要的"内在真实"。一个人的灵魂是错综复杂、难以言说的,人类的内在世界和外在的模样大不相同,人们需要用一生的时间去了解自己。伍尔夫感叹蒙田对自我灵魂的描写,这位伟大的随笔作家坦诚地书写自己,"把自己这混乱、多变、有缺陷的灵魂的整个面貌、分量、色彩、范围,都统统呈现出来"[①]。同样,伍尔夫决心在小说中描写生命的本质,而不是外表的模样。她认为:

  "让我们守住自己这热气腾腾、变幻莫测的心灵的漩涡,这令人着迷的混沌状态,这乱作一团的感情纷扰,这永无休止的奇迹——因为,灵魂每时每刻都在产生着奇迹。活动与变化是人生的精髓。僵化就是死亡,苟同于人也是死亡。那就让我们把脑子里想的东西都说出来,不怕一说再说,不怕自我否定,不怕说傻话,一任想象自由奔放、汪洋恣肆,不必担心世人做什么,想什么,说什么。

[①] 弗吉尼亚·伍尔夫著,刘炳善译注,《书和画像》,南京:凤凰出版传媒集团译林出版社,2008年,第11页。

因为，除了生命——当然，还有正常状态——其他一切都无关紧要。"①

伍尔夫认为，灵魂的自由流动是生命的精髓，如何才能实现自我表达呢？首先要保持个人灵魂的独立性，从传统和礼法的束缚中挣脱出来。如果人云亦云、顺从世俗，人就只剩下虚假的外表和空洞的内心，人就变得迟钝、麻木、毫无生趣。另外一个问题是：如何表达这些纷纷下落的无数的印象、感受和情感呢？蒙田在《随笔》中实实在在地记录了自己的所见、所思，透露出隐秘莫测的内心世界。伍尔夫对于蒙田推崇备至，她同样认为作家要书写人的灵魂。毫无疑问，伍尔夫对人们有着极大的同理心，寻求探索他们的内心世界。然而，内心世界是一个复杂的世界，生活充满了二元矛盾——外部世界和内部世界，个体生活和群体生活，现在和过去，短暂的生命和对永恒的渴望。弗洛伊德曾经讨论过个体的脆弱：

"我们面临着来自三个方面的痛苦威胁：来自我们自己的身体，它注定会腐烂和消解，疼痛和焦虑会发出警告信号；来自外部世界，它们可能会以压倒性的、无情的破坏力量对我们发出怒吼；最后是我们和其他人的关系。这最后一个威胁对我们来说可能比其他任何痛苦都更难以克服。"②

---

① 弗吉尼亚·伍尔夫著，刘炳善译注，《书和画像》，南京：凤凰出版传媒集团译林出版社，2008年，第21页。
② Sigmund Freud, Civilization and Its Discontent, Ed.and Trans, James Strachey, New York: Norton, 1961, p.24.

海洋与女性主体
—— 伍尔夫海洋意象解读

弗洛伊德博士将人类面临的威胁分为三组对立：身体的衰退和精神追求、外部世界和内部世界、群体和个人。这些是个人生活中不可避免的二元对立。当然，人们可能会认为人生的痛苦不止于此，女权主义者可能会认为男性对女性的压迫也是一大痛苦，有些人可能会加上"上帝之死"带来的信仰危机。

人类面对充满不确定性的环境，内心时时刻刻涌动着挣扎、满足、痛苦或喜悦，人的内心世界在永恒的变动中，而女性的内心世界更丰富、更敏感、更易于变化。女性长久以来无法突破父权社会形成的禁锢，习惯和礼仪在她们身上发挥着更大的拘禁作用，她们要符合男性社会的规则，做"屋子里的天使"，为男性和家人提供服务，她们弹琴、刺绣，她们的想象力和创造力被压抑。她们不应该走出房门，不应该引起公众的注意，无论如何她们不应该比她们的丈夫更优秀，不应该像男性那样聪明能干。如何表达女性在父权社会被限制的灵魂？如何表达她们精神追求中的迷茫和获得？如何表达女性微妙的敏感的内心？伍尔夫面临着比蒙田还要困难的问题。

哲学家维特根斯坦认为，这个世界上最重要的事情是无法言说的，很难表述。他说出那句名言："我的语言的界限意味着我世界的界限。"[①] 同样，伍尔夫意识到言语的局限性和文字面临的窘迫境地。心灵和精神、生与死的问题是不可说的。一个人体会到的生命情感无法向他人言

---

① 维特根斯坦著,贺绍甲译,《逻辑哲学论》,北京:商务印书馆,2010年,第85页。

说。一旦我们要表达内心情感和印象,就会发现找不到适当的词语,而且,那些思想游移不定、一下子就飘走了。因此,在伍尔夫的小说里,女性人物大多是沉默的,尤其在那些生命中的重要时刻,充盈在她们内心的或激烈或淡然的情感却无法说出。她们或坐在窗边,或伫立海边,望着外面的景致,通过层层叠叠的意象,缓慢地将错综复杂而完整的生命意义呈现在读者面前。

维特根斯坦说:"能显示出来的东西,不能说出来。"①他认为伦理学、美学、宗教、生死等问题都是"神秘的"问题,只能通过显示的方式彰显出来,除此之外,不可能用别的方式表达。而且,人们至多只能唤起那些听者或读者的通感,但无法保证有着通感的人的体验是否一致。作为一个情感细腻的女性小说家,伍尔夫更多地借助于"显示"的力量,她的作品中出现了大量的意象,将人物无法言传的内心世界呈现出来。在这些意象中,海洋是一个中心意象。

在伍尔夫看来,水下世界能够和女性的内心世界相比拟。水就像是女性想象力的自由世界,没有了现实世界的束缚和规训力,女性的想象力被释放,可以"不受限制地扫遍淹没在我们潜意识深处的世界的每一块碎屑……它寻找池塘,到达最大的鱼睡觉的最深、最黑暗的地方"②。

---

① 维特根斯坦著,贺绍甲译,《逻辑哲学论》,北京:商务印书馆,2010年,第49页。
② Virginia Woolf, Women and Writing. Ed. Michile Barrett, New York: Harcourt, 1979, p.61.

海洋与女性主体
——伍尔夫海洋意象解读

在《一间自己的屋子》中,伍尔夫将女性的思想视为溪流,将思维视为钓鱼:

"思想——人们用更自豪的名字来称呼它,这个称呼有点过誉了,结果却把它的钓鱼线放进了小溪。它在倒影和杂草中一分钟又一分钟地来回摇摆,水把它抬高,又让它沉下去,直到你知道那小小的拖拽——那想法在鱼线的尽头突然聚集起来;然后小心翼翼地把它拉上去,慢慢地把它放出来?唉,这个想法躺在草地上,多么渺小,多么微不足道;一个好的渔夫会把这种鱼放回水中,这样它就可以长得更肥,有一天值得烹饪和食用。"①

女性的想法难以捉摸,很难捕捉她们的思想和印象。女性的感受和感知无比微妙、无法估量、难以定义。水是流动的,无形无味、无法触摸。女性的思维活动也像海水一般起起落落、变幻莫测。由于外部世界对女性的束缚,女性外表和行为毫无个性而言,每个女性看起来都是相似的,履行着"屋子里的天使"②的职责,可是在她们千篇一律的外表下,却存在着千差万别、精彩纷呈的内心世界。伍尔夫借由海洋意象,映照出女性的内心世界,大海代表着女性丰富的、流动的、无法言说的情感和印象。

伍尔夫的作品中人物的痛苦来源与弗洛伊德描述的极为相似:伍尔夫在《远航》中关注女性角色在外部世界

---

① Virginia Woolf, A Room of One's Own, Ed. Susan Gubar, Orlando: Harcourt, Inc., 2005, p.15.
② 来自伍尔夫的演讲《女性与职业》,"屋子里的天使"用来形容男性理想中的女性品质:美丽温柔、富有同情心、逆来顺受、时刻为男性提供服务、毫无主体地位。

冲击下的心理变化，描绘女性人物在外部世界与内心世界的矛盾中的内心挣扎；在《到灯塔去》中，伍尔夫涵盖了更大的领域，包括生命的短暂性和人类追求的永恒性的二元对立、外部世界和内部世界的对立、过去和现在之间的对立关系；在《海浪》中，六个人物的内心现实要复杂得多：他们面临着三种威胁——外部世界和内部世界的关系、个人和群体的关系，以及现在和过去的关系。

作为伍尔夫现代主义创新萌芽阶段的一部小说，《远航》既具有传统作品的特点，又具有现代主义小说的特点。伍尔夫以传统的方式将海洋作为故事的背景，但随着情节的发展，海洋具有了更多的象征意义。大海出现在女主人公精神旅程中的重要时刻，象征着她的自我觉醒、对自由的追求及求而不得，强烈表现了女主人公自我意识的成长、困惑和最终的绝望。在小说的前半部分，海洋意象被以一种传统的方式进行处理，随着情节的推进，海洋被赋予了更现代的意义，显示了女主人公蕾切尔对外部世界的感知和心理变化。读者体会到她无法表达的感情，洞察到她曲折辗转的精神之旅，预测到她注定早逝的命运。

《到灯塔去》中的海洋意象是伍尔夫现代主义观点的完美范例，海洋更多地被视为一种主观符号，而不是一种客观形象。通过大海意象的介入，人物的内心世界慢慢地展现在读者面前。同时，意象的内涵和作用是变化的，读者会觉察到，就像在现实生活中一样，不同的人面对大海有着不同的心境，同一个人在不同的语境下对大海产生不同的情绪，引发大相迥异的感悟。在海洋意象的参与

海洋与女性主体
——伍尔夫海洋意象解读

下,女主人公稍纵即逝的思想、难以捉摸的情感、启发性的顿悟被生动地传达给读者,无法言说的东西被最终呈现出来。

伍尔夫对人类有着深刻的哲学关怀,她在《海浪》中将关注点从个人心理转向了整个人类的意识,小说中的六个人物就是人类意识的不同方面。伍尔夫所关注的是人类所面临的挫折:外部世界和内部世界、现在和过去、个人和群体之间的关系。她对海洋意象的运用变得更抽象、更难以捉摸、更富有诗意。海浪是生命与死亡无尽循环的表现;海浪的起落也是每个角色在与外部世界的联系中所经历的过程。序言中的大海象征了冷漠的自然世界,呈现了一幅从黎明到黄昏的大自然画面,与人类从出生到死亡对身份的追求相呼应。大海展现了一幅自然对人类欲望和追求漠不关心的画面。

小说中的三个女性角色在生命的海洋中寻找自己的身份,每个人就像一股涌起的浪花,在与外部世界的联系中、与他人的连接中、过去和现在的交织中确定自己的身份。罗达抵触父权社会,放弃女性应该担负的社会角色,同时,她无法与自己的过去建立连接,就像海上的泡沫,无法自我认同。苏珊遵从社会分工,努力扮演母亲和妻子的社会角色,但最终发现失去了自我。珍妮在父权社会中物化了自己的身体,把个体身份缩小为女性的身体,最终发现个体的不完整。

伍尔夫对于海洋的偏爱,与儿时的记忆有着直接的关系,同时,伍尔夫意识到在女性千篇一律的外表下有着丰盈的内心世界,她们的想法、情感和印象像海水一样潮起潮落、流动不居。在伍尔夫的作品中,读者总能听到大海的涛声,无法言说的女性的情绪、感觉和印象,借由实体或虚幻的海洋,展现到读者面前。对于海洋意象的解读,有助于读者与书中的女性人物建立共情,从而体味伍尔夫作品独特的审美内涵。

第二章 《远航》中的海洋意象与自由宣言

"自由"指的是免于外部控制、干涉、监管。"自由"意味着脱离外部世界任何形式的控制。也就是说,个人独立于外部影响而自行动。但是个人的自由不可避免地与外部世界联系在一起。一个人的自由程度取决于如何解决外部世界和内部世界之间的冲突。伍尔夫在《远航》中专注外部现实对内心世界的影响。父权社会下年轻女性在追求自由的过程中,在外部压力之下产生了无意识的复杂的心理感受,这样的心理状态借助海洋意象显示出来。

波伏娃在《第二性》中毫不夸张地描述了身为女性的不自由:

"人们要求少女待在家里,出门要受到监视:绝不鼓励她自寻消遣和娱乐。很少看到女人独立组织远足、徒步旅行和骑车旅行，或者沉迷于诸如桌球、滚木球等游戏。除了使她们缺乏主动性的教育，风俗也使她们的独立变得困难。如果她们在街上游荡，便有人注视她们，和她们搭讪。我认识一些少女，她们一点也不胆怯，但独自在巴黎街头漫步时找不到任何乐趣，因为她们不断受到纠缠，需要时刻保持警惕：她们所有的乐趣都被糟蹋了。"①

这是波伏娃1949年出版的《第二性》中对于当时女性生活现状的描写。如果说到30年前的更保守更传统的英国，女性的基本生活状态只会更加糟糕。

像同时代的女性一样，仅仅因为性别的原因，蕾切尔就受到过度的保护和限制，"几乎是在尼姑庵里长大的"。她在家接受教育，总是在父亲、女佣或姑姑的护送下才能外出散步。她和姑姑住在一间"满是旧家具的"房子里，客厅"没有任何特点，并不丑陋，但也没有鲜明的艺术特点，缺乏真正的舒适感"②。家既可以是庇护所，也可以是监狱，既可以带来解脱，也可以造成阻碍。韦斯利·A.科特指出："人物由于空间的限制被安排到一起或待在一起，他们为空间所迫，不仅要处理彼此的问题，还要处理他们共享的空间状况。"③毫无疑问，蕾切尔住在

---

① 西蒙娜·德·波伏娃著，郑克鲁译，《第二性》II，上海：上海译文出版社，2011年，第86~87页。
② Virginia Woolf, A Room of One's Own & The Voyage Out, Introduction and Notes, Sally Minoguy, London:Wordsworth Classice, 2012, p.320.
③ Wesley A Kort, Place and Space in Modern Fiction, Florida: University Press of Florida, 2004, p.16.

海洋与女性主体
—— 伍尔夫海洋意象解读

姑妈家里,家限制了她的身心发展,她尽管衣食无忧,却在行动和精神生活上受到各种约束,被剥夺了独立女性的自由。她被动地接受一切,对事情缺乏思考能力,无法作出正确的分析和判断。蕾切尔的母亲在多年前去世,父亲或姑妈们对蕾切尔没有强烈的亲情,他们的淡漠也造成了蕾切尔对人事的冷淡。在这样的时代背景和个人的生长环境中,她丧失了发展自我的机会,心理和精神上都不成熟,只能被动地接受外部世界的刺激。更可怕的是,两个姑妈都是老处女,蕾切尔处于幽闭的环境中,她几乎所有的教育都来源于两位姑妈,很明显,蕾切尔缺乏爱的教育,她对性更是一无所知,这为蕾切尔的悲剧埋下了伏笔。

《远航》是伍尔夫的第一部小说,出版于1915年,探索了24岁的蕾切尔远航后的内心世界,描绘了女性角色从压抑的家庭中解脱出来,内心追求与外部现实产生了强烈的冲突,她在更广阔的天地中对自由的渴望日益增长,但父权社会注定无法满足她的精神追求。《远航》的标题表明,大海是小说中不可或缺的元素。伍尔夫将海洋描写与人物的心理变化结合起来,海洋意象是外部世界的客体,同时也是女性追求自由过程中心理变化的载体。

伍尔夫关注外部世界和内部世界的二元对立,部分原因在于作家本身的生活经历。伍尔夫在海德公园门22号长大,属于典型的维多利亚家庭。在父亲没有去世之前,孩子们就已经一致决定要搬离海德公园门。在父亲去世后,她和哥哥姐姐永久性地逃离了那座黑暗的房子,挣脱了从

第二章 《远航》中的海洋意象与自由宣言

前的规矩束缚,开始了新的生活。他们组织了布卢姆斯伯里文艺圈,与艺术家、作家和艺术评论家交往密切。伍尔夫在广阔自由的世界中产生了更清晰的自我意识,她通往世界的门被打开了。和伍尔夫的经历相似,《远航》中的女主人公蕾切尔离开了原来闭塞的生活环境,期待开始新生活。《远航》突出了外部世界对女性角色的影响,随着外部世界的改变,女性的心理发生了相应的变化,渴望更大的自由。

《远航》是女性角色寻求自由的旅程。蕾切尔是一位天真、热爱音乐的年轻女性。她离开逼仄的生活,远航去了南美的英国殖民地。按照传统小说的路数,这应该是一部女性成长小说,这位没有见过世面的单纯少女在远航过程中接触到大千世界,认识了形形色色的人的真面目,经过一系列机遇和挫折,她迅速成长,发生脱胎换骨的变化,最终成长为优秀坚强的女性。但是伍尔夫突破常规,对女性人物的命运作出了大胆的安排。从小说的开始部分来看,这似乎是一部典型的成长小说,一切都符合读者的期待:蕾切尔与她的舅舅、舅妈乘坐父亲的汽船开始了远航之旅,到达南美洲的英国殖民地之后,他们住在海边的一栋别墅里,得以结识当地旅馆里的一些英国客人,蕾切尔与特伦斯·休伊特就此结缘并产生了感情,甚至订婚。到此为止,似乎一切都很圆满,蕾切尔迅速成长,她的世界一下子扩大了,新鲜的人和事一股脑地涌入她的生活。但是,在小说的后半段,伍尔夫对情节作了出人意料又在情理之中的安排:

海洋与女性主体
—— 伍尔夫海洋意象解读

蕾切尔在一次远足之后高烧不退,病情恶化,年轻的生命就此陨落。与传统的成长小说的人物命运不同,蕾切尔的生活并没有朝着更大的可能性发展;相反,她与休伊特订婚后患病,最终意外去世。正如书名所示,这是一部离别小说,蕾切尔踏上了旅程,再也没有回来。

许多评论家和学者都以传统小说的标准来评判它,认为它缺乏现代主义小说的元素。事实上,《远航》中的人物塑造和情节安排都具有突破性。"远航"表明蕾切尔走出了熟悉的世界,这种距离感让她得以回首过去、审视社会。她发现她在原来的生活中就像影子一般,缺乏个人的特质,她渴望这次远航成为"自由之旅",让自我在更大的空间发展,但是周围的小世界就是英国社会的缩影,来自父权社会的压制和训诫更强烈地束缚着她。在追求自由与社会生活的极大落差面前,她无所适从,最终死去。这部小说女性人物的心理发展,尤其是小说的结局,令读者感到错愕。

蕾切尔在新世界里接受了思想启蒙,但是她骄傲地拒绝了他人的精神指引。从这个意义上来看,《远航》远非爱情故事或社会小说,这是女性角色的一次冒险。这部小说中的女性进入真实的社会生活,发现真实自我,却最终发现难以适应现实。女主人公的心理历程一直是学术研究的主题,学者们对女主人公的内心世界感到好奇,尤其是蕾切尔突然死亡的原因。正如拉尔夫·弗里德曼提到的:"弗吉尼亚·伍尔夫在其他任何一本书中都没有像这样描

第二章　《远航》中的海洋意象与自由宣言

绘出主人公成长过程中的细微之处。"[①]蕾切尔常常是沉默的，伍尔夫常借助意象追踪她的心理变化，探索她在远航途中面对变化的外部世界时内心的起伏。

第一节　海洋意象与女性无意识

在传统小说中，航行意味着生活经验的转变，远离传统生活的冒险。任何航行都是有意义的，它突破生活的固有模式，探索未知世界，似乎将熟悉的一切抛在脑后，去迎接新环境和新观念。同样，这次航行对蕾切尔来说意味着新的开始——全新的、更大的世界就在她的眼前展开。这是通向新生活的航行，是认识外部现实的机会，她将在外部世界中认识自我、发展自我，从这个层面来看，这也是她的心灵之旅。

海洋和蕾切尔之间有相似之处，二者都像是一面镜子，映照出来自外部世界的种种印象。海面映照出天空和航行的船只，被动地接受外部世界；同样，蕾切尔虽然具有敏锐洞察力，但她缺乏独立判断分析的能力，她只是无意识地选择、反映外部世界，并依靠直觉解释外部的信息和刺激。

在小说的开头部分，蕾切尔离开狭小的生存空间，走入更加广阔的天地，踏上自由之旅。伍尔夫将蕾切尔和这

[①] Ralph Freedman, Virginia Woolf, London: Univeristy of California Press, 1980, p.73.

海洋与女性主体
——伍尔夫海洋意象解读

艘船作了比较,他们的相似之处显而易见。

"但另一方面,它(汽船)内心泛起一股强烈的自尊:它是这个广袤世界的栖居所,只承载了那么一点点居民,它整天穿行在空荡荡的宇宙中,还遮盖这一身面纱。它比横穿沙漠的商队更寂寞;它无疑更神秘,靠自身的力量移动,靠自己的资源维持。大海可能会给予它死亡或是前所未见的欢欣,而这一切无人知晓。它是奔向丈夫的新娘、不被男人知晓的处女。凭借它的活力与纯洁,它也许会被比作一切美好的事物。可作为一艘船,它拥有属于自己的生活。"①

蕾切尔和这艘船一样,是寂寞的、神秘的,她就是那个"不被男人知晓的处女"。人们不了解她,她自己都不曾思考自己的生活,她就像是一张白纸。她和姑妈们的日常生活安静而闭塞,有着严格的规矩和秩序,但她几乎没有意识到这种生活对她造成的压抑和控制。在踏上旅程之后,往日的生活变得遥远,蕾切尔对未来充满期待,她朝着更具社会性、更广泛的体验和更成熟的方向发展。在小说的后半部分,读者了解到蕾切尔体会到欢欣与幸福,也经历了疾病与死亡。蕾切尔与这艘船的相似之处显而易见,但与这艘船不同的是,蕾切尔缺乏这个年龄段女性的活力。她无知、胆小、天真。海伦观察到:

"……从她的脸上看出,她很纤弱,并不坚定,若不是她那双大眼睛充满了好奇,她就显得太枯燥乏味了。

---

① Virginia Woolf, A Room of One's Own & The Voyage Out, Introduction and Notes, Sally Minoguy, London:Wordsworth Classics, 2012, pp.167-168.

第二章

由于长期在室内的缘故,她的脸色苍白,轮廓不鲜明,因此也就不美了。此外,她说话时犹豫不决,或者更确切地说,她经常词不达意,更显得她不及她的同龄人。"①

蕾切尔并不是活泼开朗、精力充沛的类型,相反,她害羞而笨拙,时常沉迷于各种幻想,海伦观察到"她真的可能已经六岁了"②。被迫与这样一个女孩一起旅行,海伦感到失望。蕾切尔难以捉摸,似乎飘忽不定,人们不知道她的所思所想,很难对她作出定义或归类,她更像是一种意识。

正如书名所示,《远航》暗示着不断的变化——外部现实的变化以及随之而来的人物内心世界的变化。周围的外部现实对她的意识产生了不断的影响,她接收到信息,但很少主动作出反应。伍尔夫曾强调现代人对转瞬即逝的无数印象的被动接受:"心灵接纳了成千上万个印象——琐屑的、奇异的、倏忽即逝的或者用锋利的钢刀深深铭刻在心头的印象。它们来自四面八方,就像不计其数的原子在不停地簇射……"③人们的感知常常是被动的,这些印象纷纷扰扰,落在人们的内心世界,人们由此形成新的感知。父权社会的女性更加被动,她们被动地接收外界的各种信息,心理发生相应的变化。T. E. 阿普特注意到人们对

---

① Virginia Woolf, A Room of One's Own & The Voyage Out, Introduction and Notes, Sally Minoguy, London:Wordsworth Classics, 2012, p.158.
② Virginia Woolf, A Room of One's Own & The Voyage Out, Introduction and Notes, Sally Minoguy, London:Wordsworth Classics, 2012, p.161.
③ Virginia Woolf, The Common Reader, 上海: 上海世界图书出版公司, 2010, p. 169.

海洋与女性主体
——伍尔夫海洋意象解读

于外部影响的被动接受:"被动性……实际上是对印象的无意识选择和解释:人们似乎被动地接收信息,这时普遍意义上的联想和逻辑被抑制,感知过程实际上是高度创造性的。模糊的被动感知比清晰的思想更深刻。"①

闭塞的生长环境限制了蕾切尔的独立思考,她常常被动地接受各种外界的刺激,很少自己进行分析和判断。她的无意识状态就像是水面一样,外部事物映照在她的心中,她只是依靠直觉处理这些信息,内心产生起伏,但很少作出评判。在小说的一开始,伍尔夫就在蕾切尔和水之间进行了勾连。海伦对蕾切尔的外表印象深刻,她认为"蕾切尔就像她母亲一样,就像在一个静谧的夏日里游泳池水面上的那张红色的脸庞一样"②,并预言蕾切尔"会摇摆不定,情绪激动,当你对她说什么的时候,不会给她留下比棍子在水上划过更持久的印象"。海伦觉得蕾切尔的眼睛"像水一样没有任何反射……她的思想缺席"③。

现代心理学将海洋视为"无意识的象征"④。从这个层面来看,海洋是反映蕾切尔心理状态变化的最佳意象之一。海水是流动的,有时舒缓,有时暴力,有时具有破坏性。海水清楚地照映出周围的情况,反映水面上和周围的

---

① T. E. Apter, Virginia Woolf: A Study of Her Novels, New York: New York University Press, 1979, p.8.
② Virginia Woolf, A Room of One's Own & The Voyage Out, Introduction and Notes, Sally Minoguy, London: Wordsworth Classics, 2012, p.162.
③ Virginia Woolf, A Room of One's Own & The Voyage Out, Introduction and Notes, Sally Minoguy, London: Wordsworth Classics, 2012, p.167.
④ J. E. Circlot, A Dictionary of Symbols, Trans. Jach Sage, New York: Welcome Rain Publishers, 2014, p.345.

一切。同样，蕾切尔就像海水一样，在无意识中反映她从外部现实中接收到的信息，并进行无意识的接受和阐释，她不是根据常识甚至自己的生活经历作出判断，她对事情的认识全部来自直觉。蕾切尔的心理变化是她对外部现实敏锐感知的结果。随着各种缤纷的印象和意象涌入她的脑海，蕾切尔的意识被放大了。她就像大海一样，在不知不觉中映照出外面的世界。小说中的海洋始终代表着她的心理状态，尤其是在她生命中的重要时刻，外部刺激在她的心里荡起了涟漪。

在小说的开始，伍尔夫对大海进行了轻描淡写的描写，但却充满了一种怪异和恐惧的感觉："航行已经开始，蓝天柔和，风平浪静，旅行愉快地开始了。还有资源要开发，还有那些尚未说出的话，这一时刻显得意义重大，因此在未来的几年里，整个旅程可能会以这一幕为代表，前一天晚上河水中响起的汽笛声不知何故也混合在一起。"①

伍尔夫更加刻意地营造了阴沉肃杀的氛围，仿佛暗示了蕾切尔悲惨的结局。当安布罗斯夫妇登上船时，读者读到了对大海的第一次描述："一个轻微但能感觉到的波浪似乎在地板下滚动；然后它下沉了；接着又来了一个更能感觉到的波浪。灯光从没有窗棂的窗户滑过。船发出了一声巨大的忧郁呻吟。"不安和忧伤的感觉贯穿了整部小说。当达洛卫夫人想到"外面黑色的大海在月亮下翻

---

① Virginia Woolf, A Room of One's Own & The Voyage Out, Introduction and Notes, Sally Minoguy, London: Wordsworth Classics, 2012, p.161.

海洋与女性主体
——伍尔夫海洋意象解读

腾",同时她想到了"她的丈夫和其他旅伴",她浑身颤抖起来①。学识渊博、学究气十足的佩珀先生讲述了"海洋的深不可测",描述"白色的、无毛的、瞎眼的怪物蜷缩在海底的沙脊上,如果你把它们带到水面,它们一旦失去压力,就会爆炸,它们的身体会四分五裂,内脏散落出来"②。一些学者将蕾切尔和躺在海底的怪物进行类比,认为海底的怪物在浮出水面释放压力时会失去生命;蕾切尔从封闭的环境脱离,被带到广阔天地,却溘然死去。"黑色的大海"使整部小说笼罩着阴郁的气氛,大海在蕾切尔的生活中时隐时现,古怪忧郁的感觉一直伴随着蕾切尔。

大海是安静与暴力的结合,是活力与怪异的综合体,是人类复杂多变的生命的象征。在小说中,海洋制造的阴险的基调笼罩着整个故事,暗示着女主人公的命运多舛。船上的乘务员格里斯先生问达洛卫太太:"在英国长大的男人或女人对大海有什么了解?他们自称知道,但他们不知道。"③接下来他展示了"大海赐予他的宝藏——浅绿色液体中的白鱼,长着头发的水母,头上有亮光的鱼,它们生活在大海最深处"④,并引用了《暴风雨》精灵爱丽

---

① Virginia Woolf, A Room of One's Own & The Voyage Out, Introduction and Notes, Sally Minoguy, London: Wordsworth Classics, 2012, p.185.
② Virginia Woolf, A Room of One's Own & The Voyage Out, Introduction and Notes, Sally Minoguy, London: Wordsworth Classics, 2012, p.160.
③ Virginia Woolf, A Room of One's Own & The Voyage Out, Introduction and Notes, Sally Minoguy, London: Wordsworth Classics, 2012, p.186.
④ Virginia Woolf, A Room of One's Own & The Voyage Out, Introduction and Notes, Sally Minoguy, London: Wordsworth Classics, 2012, p.186.

儿吟唱的歌谣："你的父亲深眠于五噚之下。"①大海如此复杂,以至于对它的探索充满了欢乐和恐怖交织的复杂情绪。就像大海的深邃神秘,蕾切尔面对的世界也是未知的、不可预测的,人们无法预料蕾切尔的未来命运。

海洋不可避免地与生命和死亡有着象征性的关系。在最初的几天里,大海平静宜人,这是他们新生活的完美象征,暗示他们从伦敦的囚禁生活中突围而出。然而,当风暴来临时,平静的海面和阴险的海底世界之间很快就形成了对立,"风把他们匆忙地推进房间,猛烈地吹到楼下"②。暴风雨打破了海面的宁静,大海呈现出丑陋而凶猛的一面。"船似乎在呻吟和紧张,好像有鞭子在落下。"③在海上风暴的猛烈冲击下,乘客们就像"空中飞舞的原子";之后,"紧张感减弱了"。他们又变成了"坐在船上,从海上凯旋……在他们看过了幽灵居住的奇怪的地下世界之后,人们开始以前所未有的热情生活在茶壶和面包中"④。看似平静宜人的大海变得危险而险恶,甚至令人恐惧,而且"他们的整个生活现在都陷入了混

---

① Virginia Woolf, A Room of One's Own & The Voyage Out, Introduction and Notes, Sally Minoguy, London:Wordsworth Classics, 2012, pp.186-187.
② Virginia Woolf, A Room of One's Own & The Voyage Out, Introduction and Notes, Sally Minoguy, London:Wordsworth Classics, 2012, p.200.
③ Virginia Woolf, A Room of One's Own & The Voyage Out, Introduction and Notes, Sally Minoguy, London:Wordsworth Classics, 2012, p.200.
④ Virginia Woolf, A Room of One's Own & The Voyage Out, Introduction and Notes, Sally Minoguy, London:Wordsworth Classics, 2012, p.202.

乱"①。大海平静如处子，凶猛如野兽，鲜明的对比暗示了蕾切尔的命运，她的远航是美好的，又是危险的。

"图案"是弗吉尼亚·伍尔夫小说的一个独特特征，这是她在脑海中形成的画面，从她的第一部小说到最后一部小说，每一部都有构成"图案"的独特方式。在《远航》中，伍尔夫系统地使用了各种意象，花园、酒店、草地和海洋都具有象征意义，这些意象连贯起来，就形成了《远航》的图案。伍尔夫曾在日记中写道：

"在最后一个阶段，我感兴趣的是我的想象力所带来的自由和大胆，我把我准备好的所有意象和符号都拾起来，运用起来，然后扔到一边。我确信这是正确的运用，不是像我一开始尝试的那样，在固定的套路中连续使用，而是简单地作为意象，不起阐释的作用；仅仅用作暗示。"②

意象是一种想象力的游戏，不仅仅考验作者的想象力，也是作者和读者的一场共谋。作者并没有赋予这些意象一个固定的意义，而是在不同的语境中呈现出不同的色彩和象征。为了向读者传达她笔下人物的内心真实，伍尔夫通过意象来反映人物的不同心理活动，暗示了人物永远变化的内心世界。正如里希特所写："伍尔夫夫人通过生动的动态意象传达了这些品质，这些意象的运动感暗示了

---

① Virginia Woolf, A Room of One's Own & The Voyage Out, Introduction and Notes, Sally Minoguy, London:Wordsworth Classics, 2012, p.200.
② Virginia Woolf, The Diary of Virginia Woolf, Volumn 3, New York, HBJ Book, 1980, p.169.

心理过程的流动和变化，以及伴随而来的情感。"[①]意象的运用是向读者传达人物情感变化的重要方法，运用海洋意象，伍尔夫暗示了蕾切尔对于外界变化无意识的接受，同时通过描写阴郁的海洋，预示了蕾切尔出人意料的悲剧性结局。

第二节 性、爱情与自由

在《远航》中，伍尔夫采用了将外部意象与心理状态相关联的方法，在人物没有意识到的情况下，将人物的感知与周围的景物建立联系，人物心灵产生的情感和印象投射到周围的景物上，人物无法表达的、不可说的情感由景物传递给读者。在所有景物中，最突出的是海洋意象，变幻莫测的大海成为表达蕾切尔情感的重要意象，大海始终与蕾切尔的精神状态和情感相勾连。

在维多利亚文化背景下，性对年轻女性来说是一个陌生的领域，而且"女孩们都很无知"。蕾切尔看到舅舅和舅妈的拥吻，她模糊而困惑地意识到什么是性；她24年来第一次想到了男女之爱，这让她担心甚至害怕。对蕾切尔来说，亲吻的景象并不符合她的生活经历，男女之间的性关系让她感到不适，甚至不安。蕾切尔把注意力转移到大海的深处，这并没有给她带来预期的舒适和解脱。"她

[①] Harvena Richter, Virginia Woolf, The Inward Voyage, Princeton, Princeton University Press, 1970, p.38.

海洋与女性主体
——伍尔夫海洋意象解读

俯瞰着大海的深处。汽船过后,海面被稍微搅乱了,但海面下却是一片浓绿和昏暗,而且越来越暗,淡了海底的沙地,只剩下一片看不清的昏暗。人们只能依稀看见沉船的黑色船骨,或是大鳗鱼挖洞而成的螺旋塔,抑或是来来往往的发着光的光滑的绿皮怪物。"①

大海反映了她不安的心理,"昏暗""黑色"或"怪物"的字眼暗示了蕾切尔对性的恐惧。在蕾切尔看来,性是怪诞的、可怕的,和异性的交往越深入,就会越发感到恐惧。小说中几乎每一次涉及性的时候,大海的意象就会出现。理查德·达洛卫先生是一位受人尊敬的绅士,他对于蕾切尔的性侵犯让她联想到暴力和入侵带来的恐惧和羞耻。蕾切尔有复杂的心理变化——恐惧、不确定性和羞耻感占据了她的整个身心。在理查德突然吻了她之后,"……她靠在船舱上,渐渐地停止了感觉,因为身体和心灵的寒意悄悄地笼罩着她。远远地在波浪之间,黑白相间的小海鸟在飞翔。在波涛的凹处,他们以平稳而优雅的动作起起落落,显得异常超然和漠不关心"②。

大海与她的心理状态联系在一起。蕾切尔脑袋冰冷,双膝颤抖,伍尔夫把她复杂的感情与大海和海鸟联系在一起,读者感受到她孤独无助、无法言说的心情。这是蕾切尔一生中最重要的时刻之一。她不知道如何应对突如其来

---

① Virginia Woolf, A Room of One's Own & The Voyage Out, Introduction and Notes, Sally Minoguy, London: Wordsworth Classics, 2012, p.164.
② Virginia Woolf, A Room of One's Own & The Voyage Out, Introduction and Notes, Sally Minoguy, London: Wordsworth Classics, 2012, p.205.

第二章 《远航》中的海洋意象与自由宣言

的性侵犯，成千上万的印象涌入她的脑海，但她什么也感觉不到。伍尔夫将海鸟在海浪上的飞翔和坠落描述为"平稳""优雅""超脱"和"无忧无虑"，暗示了蕾切尔的复杂感受和大自然的冷漠。

蕾切尔生活在被过度保护的环境中，而理查德的侵犯打破了她的无知，同时清楚地向她揭示了一个女性在父权社会的脆弱性。那天晚上，她做了一个梦，梦见自己被困住了，"和她在一起的只有一个矮小的畸形男人，他长着长指甲蹲在地上发出叽里咕噜的声音。他满脸麻子，长着一张动物的脸"。性让蕾切尔产生了极大的不适感，她强调了"性"的动物性的一面。海伦对整件事轻描淡写，认为这是世界上最自然的事情，一种类似于爱情和婚姻的欲望。"这是世界上最自然的事情。男人想要吻你，就像他们想娶你一样。把事情看得过于严重就太可惜了。这就像在意人们吃喝时发出噪音，还有的男人吐吐沫……"①海伦避重就轻的回答加剧了蕾切尔的恐惧，作为一个女人，她意识到自己是男人渴望的对象，而不是爱的对象。蕾切尔对爱和性的概念产生了模糊的理解，认为男性对女性的渴望意味着不平等、暴力和冒犯。作为一个女人，她是男人所渴望的对象，但她无法理解自己欲望的本质，对自己的性欲望感到厌恶。

性刺激了她的自我意识，同时威胁到她的自我表达和自我实现。蕾切尔问海伦："男人渴望女人……告诉我

---

① Virginia Woolf, A Room of One's Own & The Voyage Out, Introduction and Notes, Sally Minoguy, London: Wordsworth Classics, 2012, p.209.

海洋与女性主体
——伍尔夫海洋意象解读

……皮卡迪利广场的那些女人是什么？"[①]当蕾切尔思考性侵犯时，她将性侵犯与皮卡迪利的妓女联系起来，意识到这就是年轻女性不能独自在街上行走的原因，蕾切尔由此想到了城市的黑暗的一面：女性不能在邦德街走来走去，因为她们有可能被误认为是一名妓女。这是对自由的限制，她对此深恶痛绝。理查德在船上的强吻引发了她的性意识，同时让她意识到父权社会中女性的脆弱，她把性与性剥夺联系起来，当她看到苏珊和亚瑟拥抱时，她说她不喜欢这样。很明显，蕾切尔的性意识的觉醒与性侵犯同时发生，这使她无法与自己的爱人建立亲密关系。

第一次性接触在她的意识中留下了难以忘怀的印记，让她联想到维多利亚时代的女性和皮卡迪利街头的妓女。性具有威胁性和破坏性，但同时，这意味着蕾切尔性的觉醒，她得以跳脱开去，第一次审视自己的生活："她第一次把自己的生活视为一件被禁锢起来却蠢蠢欲动的东西，小心翼翼地在高墙之间穿行，在这里转向一边，在那里陷入黑暗，自己的生活总是枯燥残缺的——她的人生是她唯一的机会——她要表达，她要行动。"[②]由于性具有威胁性，性的解放作用受到质疑。伍尔夫对这种刻板印象提出了挑战，她明确表示事实并非如此。性直接刺激了蕾切尔自我意识的发展，蕾切尔个人意识的发展与性觉

[①] Virginia Woolf A Room of One's Own & The Voyage Out, Introduction and Notes, Sally Minoguy, London:Wordsworth Classics, 2012, p.209.

[②] Virginia Woolf, A Room of One's Own & The Voyage Out, Introduction and Notes, Sally Minoguy, London:Wordsworth Classics, 2012, p.209.

醒密切相关，性觉醒伴随的是一种耻辱，但却是她追求自由的第一步。理查德的性攻击带来了恐惧、自卑和羞耻感，然而，这是进入一个新世界的途径。蕾切尔有生以来第一次尝试定义自己，意识到自己是一个受害者，她必须突破，寻求自己的自由。从这个意义上说，蕾切尔遭受的性攻击是自由之旅的一个突破。在她生命中的第一次，她意识到她可以成为自己，期待着一种充满各种可能性的新生活。

"我可以做……我……我自己，"她结结巴巴地说，"不用考虑你、达洛卫夫妇、佩珀先生、父亲、我的姑妈们，不用管这些人？"①

蕾切尔的自我意识的觉醒标志着自由之路的开启。大海呈现出自由的一面。"在下面，尽管天色很快就暗下来，但大海仍然是蓝色的，屋顶是棕色和白色的。"②在舅舅和海伦舅妈的陪伴下，蕾切尔开始摆脱束缚，并逐渐构建自己的新身份。她显示出坚定自信的一面。她的皮肤是棕色的，眼睛明亮，她注意听别人说话，好像她要随时反驳似的。她形成了思考的习惯，这在早年是没有的。她的注意力从想象的世界转移到现实世界，对物质世界产生了强烈的好奇和理解力，开始注意到外面的世界，看到了清晰的风景。她对文字的关注使她成为一个敏锐的

---

① Virginia Woolf, A Room of One's Own & The Voyage Out, Introduction and Notes, Sally Minoguy, London:Wordsworth Classics, 2012, p.212.
② Virginia Woolf A Room of One's Own & The Voyage Out, Introduction and Notes, Sally Minoguy, London:Wordsworth Classics, 2012, p.221.

海洋与女性主体
—— 伍尔夫海洋意象解读

观察者,开始思考生活,尤其是女性应该过一种什么样的生活。正是阅读和远航唤醒了她;她的意识增强了,对生活的真相有了探索的好奇心。然而,她处于觉醒的初级阶段,只意识到外部事物的存在,而没有探求事物的真相以及它们在特定框架内的关系。

随着蕾切尔思维的拓展,大海的形象在她的感知中变得更加积极。她开始追求自由和自主,希望在新的生活中拥有完全的控制权。毫无疑问,大海代表了蕾切尔的自由、成长和发展。蕾切尔声称自己就像海里的鱼,自由自在地游来游去,不断拓展她的生活边界。

伍尔夫认为,真正的自由只有在个人与群体和外部世界融合时才能获得。当蕾切尔与周围的人们一起享受这种乐趣时,大海作为一个自由的形象出现了。个人与群体的关系是伍尔夫感兴趣的一个话题,《到灯塔去》和《海浪》就是典型的例子,小说中的人物试图在与群体的关系中确定生命的意义。在《远航》中,蕾切尔与宾馆的英国客人一起野餐,参加为亚瑟和苏珊举办的订婚派对。在蕾切尔积极地融入了人群之后,她看到了自己的价值。她不再是生活的被动接受者,而是一个积极的参与者,并通过创造性的劳动影响人们。蕾切尔弹钢琴为跳舞的人们伴奏,为人们带来难以言表的喜悦。她改变了平时被动地注视世界的习惯,通过音乐主动地为现实注入秩序感和意义感[①]。这是蕾切尔第一次获得自由,随着音乐的

---

① Ann Roncheti, The Artist, Society & Sexuality in Virginia Woolf' Novels, New York & London: Routledge, 2004, p.24.

响起,"房间里的每一个人都慢慢地在跳跃和转身,有的两人一组,有的独自一人"①。在舞蹈中,社会形式与个人力量相对应,并赋予其形状。蕾切尔获得了存在感和幸福感。舞会结束后,酒店里的游客们"……静静地坐着,仿佛看到一座建筑,空间和柱子一个接一个地矗立在空旷的空间里"②。于是,他们开始看到他们自己、他们的生活和整个人类生活在音乐的指引下非常崇高地向前发展。人们找到了个人生活和群体生活的完美结合。蕾切尔和其他人一样,被赋予了对自身和外部事物的理解。音乐不仅仅是一种自我表达的方式,在身体的亲密接触和身体的运动中,生命本身获得了解放。这是个性和创造力的释放,没有什么可以阻止。这对蕾切尔来说是一个突破,她获得了一种表达的自由。看到宁静的大海,蕾切尔把自己比作一条鱼。这一幕无疑是人生中的重要时刻,她找到了新的身份。蕾切尔的内心世界扩大了,更重要的是,在与外部现实的互动中,她的自我意识日益增长。这种独特的感觉是无法用语言表达的,伍尔夫借助于外物,显示出蕾切尔无法言说的内心的喜悦和充实。在赫斯特和休伊特的陪伴下,蕾切尔和海伦从派对回到别墅,伍尔夫在这里从视觉和听觉两方面对大海进行了描写:

"他们坐下来,眺望着海湾;海面很平静,海面上泛

---

① Virginia Woolf, A Room of One's Own & The Voyage Out, Introduction and Notes, Sally Minoguy, London:Wordsworth Classics, 2012, p.279.
② Virginia Woolf, A Room of One's Own & The Voyage Out, Introduction and Notes, Sally Minoguy, London:Wordsworth Classics, 2012, p.279.

海洋与女性主体
—— 伍尔夫海洋意象解读

起淡淡的涟漪,绿色和蓝色的线条开始在海面上划出道道条纹。这时还没有帆船,但一艘汽船停在海湾里,在雾中显得像幽灵似的。它发出一声神秘的叫声,然后一切都安静下来了。"①

平静的大海呼应了他们在聚会喧嚣过后的宁静时光。大海静静地流淌着,似乎包含了所有的情感和印象,大海好像与蕾切尔建立了共情。她成功融入了群体的生活,看到了自己对群体的贡献,认识到了自己的价值,蕾切尔在新环境中找到了生活的某种意义。读者在"淡淡的涟漪"中读到了蕾切尔的满足感。

《到灯塔去》中的拉姆齐夫人认为,生命的意义在于人与人之间的关系:她努力创造一个和谐的环境,使人们在她的庇佑下生活。《海浪》中的每个人物都在个人生活和群体生活中寻找自己的身份,个人融入群体中,个人和群体的边界永远模糊不清,"你中有我,我中有你"。他们在寻求自我身份的过程中认识到他们"不是一个人"。

尽管蕾切尔没有音乐方面的艺术抱负,但不可否认的是,音乐在她年轻的生活中起着核心作用,音乐演奏为她提供了一种自由,标明了她的个性和独特性,是她主体性的一部分,使她能够超越周围的外部现实。当她感到沮丧时,音乐给她带来安慰和力量;虽然她的音乐天赋在周围环境中得到认可,但音乐在英国主流社会中被边缘化。圣约翰建议她应该阅读吉本这样的文学经典。海伦认为,

---

① Virginia Woolf, A Room of One's Own & The Voyage Out, Introduction and Notes, Sally Minoguy, London: Wordsworth Classics, 2012, p.281.

最重要的是理解真正发生的事情以及人们的感受，海伦希望蕾切尔多看书，多思考，建议她不要太依赖拉赫、贝多芬和瓦格纳了。休伊特和她的父亲努力把她从音乐中拉出来。她的父亲告诉海伦，蕾切尔是"一个安静的好女孩，全身心地投入音乐中——但少一点音乐也没有坏处"①；休伊特对她演奏难度较大的音乐作品的做法嗤之以鼻——"这种事情就像一只不幸的老狗在雨中用后腿走路"②。音乐是蕾切尔引以为傲的才能，是蕾切尔成为自身的重要标志，而周围人们的想法直接削弱了她的独特性和她生命的意义。由于蕾切尔对外部印象的接受仅仅是外部现实的被动反映，她的个人真实被他人的真实和目的淹没，她不再成长，她的价值被人们忽略，作为她生命中最重要的东西，音乐对她来说失去了色彩。

蕾切尔在音乐方面的天赋遭到贬低，人们建议她阅读文学经典，而且周围的人们都参与了一些文学创作活动：艾伦小姐研究英国文学，安布罗斯舅舅翻译品达的作品，休伊特构思未来的"沉默小说"，赫斯特创作关于上帝的诗。人们利用社会文化资源为殖民地、性别或经济利益服务，创作和操纵文学经典。书籍作为主要的文化产品，不是中立或无私的，文学成为一种政治，既是一种社会仪式，也是意识形态权威的基础。克拉丽莎·达洛卫认为音

---

① Virginia Woolf, A Room of One's Own & The Voyage Out, Introduction and Notes, Sally Minoguy, London: Wordsworth Classics, 2012, p.214.
② Virginia Woolf, A Room of One's Own & The Voyage Out, Introduction and Notes, Sally Minoguy, London: Wordsworth Classics, 2012, p.292.

海洋与女性主体
——伍尔夫海洋意象解读

乐过于情绪化,她认为没有这些作家,尤其是简·奥斯汀这样的作家,"她就无法生存"。当她的年轻朋友直接宣布她不喜欢奥斯汀时,克拉丽莎惊呼:"你这个怪物!……我只能原谅你。告诉我为什么?"文学经典被用来区分教育程度高低和社会阶层。随着他们谈话的继续,克拉丽莎对文学文本的操控性变得越来越明显。蕾切尔为自己的回答辩护说,简·奥斯汀"就像一根紧辫子"。然而,达洛卫夫人很快驳斥了蕾切尔的观点,嘲笑了她的浪漫情怀,认为她就像是雪莱笔下阿多尼斯这样的年轻人①。克拉丽莎以这种方式对雪莱和奥斯汀的作品概念化,她将文学看成是文化经济中的商品,而文化经济是社会管理、生产和消费自身文化的领域。

文学经典似乎是为了区别人们的不同教育程度和社会等级而产生的,音乐和其他艺术形式都是"游戏"。人们对音乐不屑一顾,认为音乐并不是真实的东西。伊芙琳贬低蕾切尔弹钢琴,说:"除了玩,我们什么也不做。这就是为什么像丽拉·哈里森这样的女人,不得不拼命工作,她的价值是你我价值的二十倍。"②人们不断地向蕾切尔表明,书籍是一个人价值的决定因素,远比音乐更有意义。蕾切尔在音乐中获得创造力和愉悦感,而她的同伴们则进行着更加严肃、成熟的现代生活。赫斯特和其他人

---

① Virginia Woolf, A Room of One's Own & The Voyage Out, Introduction and Notes, Sally Minoguy, London: Wordsworth Classics, 2012, p. 190.
② Virginia Woolf, A Room of One's Own & The Voyage Out, Introduction and Notes, Sally Minoguy, London: Wordsworth Classics, 2012, p.351.

第二章 《远航》中的海洋意象与自由宣言

阅读文学经典，人们通常认为作家、叙事和文学文本代表了他们的知识、文化、素质，以及民族理想。这些文化经典是被人为操纵的，它们支持社会特权的制定，并被用来对他人行使权力，从而成为文化物品，充当谈判的潜在资源①。文学是强化压迫和剥削的方式之一，维多利亚帝国主义者经常骄傲地模仿他们的罗马前辈，《远航》中不断提到吉本的《罗马帝国衰亡史》，就是一个明证。当赫斯特听说蕾切尔不喜欢吉本时，他说："我放弃你了，我太绝望了……"②蕾切尔作为一个人的价值被低估了，只是因为她不欣赏吉本、不擅长文学阅读。

根据罗娜·塞奇的说法，弗吉尼亚·伍尔夫的策略之一就是把蕾切尔描绘成一张白纸——"一个精神上的处女，别人都想在她身上留下深刻的印象"。她在很多意义上都是一个"容器"。人们想要塑造她，然后"把她展示出来"③。海伦试图将她塑造成现代自由主义价值观的典范，赫斯特用知识分子教条主义约束她，事实上，蕾切尔的身份很难从"父亲和姑姑们"的影响中走出来，她不仅明显地依赖他人，而且很难摆脱不平等的社会现状和传统价值观的束缚。蕾切尔被置于父权和帝国的世界观框架中，并受到传统世界观的评判。在这种世界观中，她的个

---

① Benjamin Mangrum, Silencing the Politics of literature in Virginia Woolf's The Voayge Out, Genre, Vol.45, No. 2 Summer 2012, p.272.
② Virginia Woolf, A Room of One's Own & The Voyage Out, Introduction and Notes, Sally Minoguy, London:Wordsworth Classics, 2012, p.308.
③ Lorna Sage, Introduction in : Woolf. V. (Ed), The Voyage Out, Oxford: Oxford University Press, 2001, p.20.

海洋与女性主体
——伍尔夫海洋意象解读

性和独特性被贬低,她的自我实现和自我表达没有出路。弗吉尼亚·伍尔夫在《一间自己的屋子》中揭示了女性在父权社会中看似重要,但最终却微不足道的地位:

"想象一下,她是最重要的;实际上她一点也不重要。她贯穿于诗歌的每一页;但她几乎不存在于历史中。她主宰着小说中国王和征服者的生活;但是,事实上,任何男孩的父母强迫她戴上戒指,她就成了那男孩的奴隶。一些最鼓舞人心的词句,一些最深刻的文学思想从她的唇边滑落;但是在现实生活中,她几乎不会拼写,她是她丈夫的财产。"①

这是被排除在历史和文学之外的维多利亚时代女性的真实写照。一旦她们被父权制的规范和标准所评判,她们作为个体的独特性和力量就会贬值。在这种情况下,衡量蕾切尔的标准是文学经典,而她在音乐方面的天赋和能力被贬低为"游戏"。她与群体的接触越多,她就越感到被囚禁。

"远航"实际上是一次进入现实世界、认识自己的旅程。大海似乎把蕾切尔带到了远离传统英格兰中心伦敦的南美洲;然而,矛盾的是,正是大海将她与古老的传统生活联系起来。"正是这片大海流入了泰晤士河的河口,泰晤士河冲刷了伦敦城的根基。"②大海连接着南美殖民地

---

① Virginia Woolf, A Room of One's Own. Ed. Susan Gubar, Orlando: Harcourt, Inc., 2005, p. 56.
② Virginia Woolf, A Room of One's Own & The Voyage Out, Introduction and Notes, Sally Minoguy, London:Wordsworth Classics, 2012, p. 316.

和伦敦。这家宾馆里住满了来自伦敦的中产阶级,实际上是传统英格兰的缩影。在赛义德看来,殖民地实际上是英国地理和文化的一部分:

"……这部英语小说赋予读者一种英语的空间感,不仅是相对于边远地区的中心位置,而且还以帝国的术语将这些地区与英国联系起来。从笛福到奥斯汀,在整个十九世纪一直到二十世纪,遥远的土地不仅在那里,同时在英国的控制下,毫无疑问,人们会提到这些地方,也会去这些地方游览,这些殖民地会被纳入一个连绵的空间范围。"①

殖民地是维多利亚社会传统的延伸,即使它通常远离伦敦。宾馆的小社会乍一看似乎不那么紧张,这里的人更多样,关系也不那么固定,但蕾切尔逐渐意识到,花园、林荫大道、宽阔的露台和网球场,酒店的一切都与英国非常相似,或者更确切地说,与英国一模一样。蕾切尔再次被维多利亚传统社会所包围,陈旧的伦敦似乎就在他们身边。在维多利亚社会中,人们不会明确说出自己的意思,也不会公开谈论自己的感受。在这样一个社会里,人只是"抽象的"。未婚或已婚的女性,无论是愤世嫉俗者还是真正的墨守成规者,都被限制在父权制意识形态的框架内,在这种意识形态中,任何对传统的背离都是不被认可、被摒弃的。

在交往之初,蕾切尔和休伊特都不是两人理想的类

---

① Edward Said, Narrative and Social Space, Culture and Imperialism, New York: Knoph, 1994, pp.62-80.

海洋与女性主体
—— 伍尔夫海洋意象解读

型。休伊特认为蕾切尔是个特别的人。蕾切尔对休伊特的感觉是一种无法用语言表达的身体的感觉。与阿瑟和苏珊呈现的浪漫不同，他们的爱情是以对话和友谊为基础的，这是一种完全不同的类型。即使休伊特已经陷入了一种舒适的多愁善感状态，认为他们"相爱"，蕾切尔仍然坚持说："不！"她哭着说："我从来没有坠入爱河，如果坠入爱河是人们所说的，是这个世界在说谎，我说的是实话。哦，可怕的谎言——可怕的谎言！"[1]蕾切尔对传统意义上的异性恋有强烈的怨恨，因为她的自我受到威胁、自由受到限制，她的完整性将被摧毁。与其他人相比，休伊特并不是一个保守的人。然而，他们两人都不能完全免受社会习俗的影响，在这方面，休伊特似乎更关心行为的"正确性"。至于妓女被赶出酒店的问题，赫斯特和海伦非常明确地谴责了这一行为的虚伪性；但休伊特的表达肯定是含糊其词的，尽管他在森林之旅中向蕾切尔承认，他有过几次性行为，而且他"性欲很强"[2]。

他们的恋爱并没有使他们脱离传统，相反，蕾切尔意识到传统是她所追求的自由的对立面。蕾切尔刚刚获得了某种自由和满足感，大海平静的起伏象征女性人物悄然增长的自我意识。然而，大海也有黑暗的一面。蕾切尔和休伊特参加了森林远足。他们沿河而上，这条河实际上是海

---

[1] Virginia Woolf, A Room of One's Own & The Voyage Out, Introduction and Notes, Sally Minoguy, London:Wordsworth Classics, 2012, p. 390.
[2] Virginia Woolf, A Room of One's Own & The Voyage Out, Introduction and Notes, Sally Minoguy, London:Wordsworth Classics, 2012, p. 379.

的一个分支，或者更确切地说，是大海的变形：作为原始社会的象征，河流把他们带离文明，暗示了他们对传统仪式、观念和习俗的逃避。这对年轻的男女找到了表达爱和幸福的声音。然而，他们的表达并不像预期的那样自由。当他们在黑暗的河上划船时，"巨大的黑暗使他们的语言听起来又细又小，从而剥夺了所有交流的欲望"①。在他们宣布了彼此的爱意之后，蕾切尔却认为爱情是可怕的，她听到水在远处不停地翻腾着，似乎毫无意义，残酷无情。当爱情与远处的水建立勾连，读者理解到爱情在蕾切尔内心的感受同样如此。

水的灵活性和无形性表达了蕾切尔内心世界的复杂性。蕾切尔和休伊特走进森林深处时，出现了最梦幻般的景致：

"当他们进入森林深处时，光线变得越来越暗，普通世界的噪音被那些吱吱作响和叹息声所取代，这些声音似乎向森林中的旅行者暗示，他正在海底行走。他们几乎不说话。他们不仅沉默不语，而且都无法表达任何想法。他们之间有件事必须谈一谈。其中一个必须开始，但是哪一个呢？"②

他们沿着自由之河前行，却发现自由受到了威胁，因为爱和自由实际上是对立的。爱情是对自由的剥夺；只有

---

① Virginia Woolf, A Room of One's Own & The Voyage Out, Introduction and Notes, Sally Minoguy, London:Wordsworth Classics, 2012, p. 371.
② Virginia Woolf, A Room of One's Own & The Voyage Out, Introduction and Notes, Sally Minoguy, London:Wordsworth Classics, 2012, p. 379.

海洋与女性主体
—— 伍尔夫海洋意象解读

在爱情之外才能获得自由。由于找不到合适的语言来创造他们的共同生活,他们都陷入了沉默,这种沉默让蕾切尔感到恐惧,休伊特开始哭泣。克里斯汀·弗罗拉在弗吉尼亚·伍尔夫的《〈远航〉:女性成长与女性权威》一书中认为:

"在这种沉默的重压下,伍尔夫把权威性的语言和故事描写成一种充满恐惧的负担:他们害怕把过去抛在身后,害怕在一个不成文的沉默的世界中无言地摸索,害怕语言被过去束缚,最重要的是,尽管尽了一切努力,他们害怕那些陈旧的语词还是会卷土重来。"①

语言和故事所代表的旧习俗对年轻情侣来说是一个沉重的负担,他们无法将维多利亚时代的陈旧词汇和生活体验抛到脑后。爱情与所有旧的习俗纠结在一起,似乎与她对自由的追求背道而驰,在追求个人和自由的过程中,蕾切尔发现她的自由正在溜走。即使在远离传统的丛林中,他们也找不到自己的语言,大多数时候都保持沉默,因为他们没有创造出自己新的自由的语言。

蕾切尔和休伊特已经不像老一辈那样对婚姻抱有很大的期望,他们犹豫,害怕婚姻生活剥夺个人的自由和富足。当蕾切尔进行爱情告白时,她想到的是水——自由的象征。婚姻生活不能满足她所追求的自由,她的自由就像那条河流,蜿蜒而去。在获得爱情的同时,她却为失去的

---

① Christine Froula, Out of the Chrysalis: Female Initiation and Female Authoity in Virginia Woolf's The Voyage Out, Tulsa Studies in Women's Literature, Spring 1986, 5(1), p.80.

自由而悲叹。

原始森林本是脱离成见、惯例和传统的场域，是回归自然、充分享受自由的地方。事实上，他们的远足并不是真正意义上的丛林探险——他们只是沿着河流往上游走了一小段距离，去当地村庄"既不危险也不困难"，而且"甚至并非不寻常"①。

休伊特本来对探险充满希望，但是却发现环境的变化并没有带给这些英国人任何改变。"一旦离开酒店，肯定会发生奇妙的事情，而不是什么都没发生，但是，到了这里，他们还是像以前一样令人不适，一样克制，一样忸怩。"②即使在原始森林中，也有文明的迹象让人想起英国的传统，年轻人依旧无法摆脱维多利亚社会的种种限制、仪式和控制。当他们想要享受自由和幸福的时候，他们更深地感受到传统生活的束缚。

随着与休伊特接触的增多，蕾切尔的自我意识逐步增强，意识到自己的力量、信心和情感。蕾切尔看到姑姑、父亲甚至达洛卫一家的生活意义，更重要的是，她看到了自己生活的真实。她不再是那个天真、懵懂无知的女孩。蕾切尔回忆起原来的生活："每天四餐，准时开饭，仆人十点半的时候等候在楼梯上，她审视着从前的生活，想把这样的日子砸碎。"她把自己比喻成大海，表达她的自由

---

① Virginia Woolf, A Room of One's Own & The Voyage Out, Introduction and Notes, Sally Minoguy, London:Wordsworth Classics, 2012, p.268.
② Virginia Woolf, A Room of One's Own & The Voyage Out, Introduction and Notes, Sally Minoguy, London:Wordsworth Classics, 2012, p.282.

海洋与女性主体
——伍尔夫海洋意象解读

感受:"我喜欢看着事情发生——就像那晚你没看到我们时我看到的那样——我喜欢这种自由——像风或大海那样的自由。"①她在与人群和休伊特的接触中,了解社会的传统和习俗,也重新审视自己的人生,她产生了复杂的心理感受,时而接受、时而困惑、时而痛苦、时而抵触。

蕾切尔是一个被动而敏锐的观察者,她专注于观察她的同伴,对他们表现出不同程度的同情。她坐在宾馆里的客人中间,似乎对每一件事都略知一二。她缺乏深邃的思想,没有丰富的社会经历,只是以单纯的真实本性观察社会、反映真实,她对外界印象的接受仅仅是对事物的被动反映。然而,在剔除常识和逻辑的情况下,感知的过程会更有创造性。被动接受和感知虽然模糊,却比清晰的思维和逻辑更为深刻。休伊特发现"她的天赋在于她能听懂别人对她说的话;从来没有人像她这样谈心。你可以说任何话——你可以说任何话,然而她从不卑躬屈膝"②。蕾切尔觉得自己就像海底的鱼,什么都看不清楚,实际上她对生活有了更敏锐的意识。她的痛苦来自她对外部现实的敏锐感知,但是她所追求的自由和爱情始终与社会常规相矛盾。

大海的意象贯穿小说始终,将爱情、性和自由连接在一起。大海是自由的象征,蕾切尔的远航暗示了女性人物

---

① Virginia Woolf, A Room of One's Own & The Voyage Out, Introduction and Notes, Sally Minoguy, London:Wordsworth Classics, 2012, pp.322-323.
② Virginia Woolf, A Room of One's Own & The Voyage Out, Introduction and Notes, Sally Minoguy, London:Wordsworth Classics, 2012, p.348.

不断拓展的生活边界，这赋予女性希望和信心。海洋从一开始就与性联系在一起，性意味着互相矛盾的两方面，一方面性是一种屈辱，甚至是一种暴力，意味着对女性的征服；另一方面，这是她自我意识的第一步，蕾切尔得以审视自己的生活，探索更广阔的世界。然而，当蕾切尔获得爱情的时候，她无法享受爱情的甜蜜，爱情不可避免地与性服从掺杂在一起，同时，在维多利亚父权制的束缚中，爱情意味着婚姻中更多的义务和规训，爱情成了自由的反义词。伍尔夫将无形而深邃的海洋与女性角色的心理状态联系起来，海洋就是一面镜子，照映出年轻女性复杂的心理变化，那些无法言说的心理感受依靠变化多端的海洋呈现给读者。

第三节　疾病的政治性隐喻

古往今来，生病这种事情司空见惯，疾病成为我们日常生活的一部分。进入20世纪，流感、癌症、艾滋病、心理创伤等疾病成为威胁现代人健康的主要疾病。从中外文学史可以看出，两类疾病对人类文学艺术活动的影响最为突出，一是肺结核，二是精神病。

在西方的文化传统中，一直存在着疾病政治隐喻和社会隐喻的文化传统。苏珊·桑塔格在《疾病的隐喻》中指出："疾病是生命的阴面，是一重更麻烦的公民身

海洋与女性主体
——伍尔夫海洋意象解读

份。"①尽管人人都会生病,但是疾病并不仅限于私人领域,而是具有了某种社会意义。一旦得了病,人们心怀恐惧,甚至感觉羞耻,旁人也避之不及。20世纪60年代,福柯在《临床医学的诞生》中进一步指出,疾病是具有政治意义的事件,"与疾病作斗争就必须首先与坏政府作斗争。人必须先获得解放,才能得到彻底的治疗"②。由此可见,疾病的生成主要是政治权力话语压制的结果,是一种从内向外生发的心理诉求。鲁迅的《药》中的肺结核和《简·爱》中阁楼上女人的疯癫都充满了政治隐喻。

  作为一位现代主义小说家,伍尔夫个人的生活和创作与精神疾病密切相关,甚至可以说,伍尔夫的一生一直受到疯癫的困扰。精神疾病也在伍尔夫的作品中反复出现。无论是《远航》中的蕾切尔,还是《达洛卫夫人》中的赛普蒂默斯都表现出癫狂的某些特征,出现了幻觉和幻听等症状。和伍尔夫本人的境遇相似,这两个人物的死亡都和疯癫有关。但是伍尔夫笔下的疯癫并没有囿于对情节的铺陈,而是与重要的主题勾连,通过将疯癫与更大的图案相连接,抨击了维多利亚时期的父权社会,打破了战争神话,彰显了疯癫的政治性和社会性本质。

  从伍尔夫幼时起,亲人相继生病去世,她本身的精神疾病时常困扰着她。母亲和父亲的去世导致了她两次精

---

① 苏珊·桑塔格著,程巍译,《疾病的隐喻》,上海:上海译文出版社,2014年,第7页。
② 米歇尔·福柯著,刘北成译,《临床医学的诞生》,上海:译林出版社,2001年,第37页。

第二章

神崩溃。可以说,伍尔夫一生都在与精神疾病作斗争,疾病成了日常生活的一部分。伍尔夫这样写道:"发现生病竟然没能与爱情、战争以及妒忌一样在文学的基本主题中占据一席之地时,这一事实就变得的确有些令人奇怪了。"[①]伍尔夫用貌似夸张的语言在《论生病》中描绘了生病时的样貌,表现出生病带给人们的巨大身心变化。实际上,患病尤其是精神性疾病对人的生活的影响是毁灭性的。昆汀·贝尔在伍尔夫第二次精神疾病发作时写到了伍尔夫的身体状况:"这和她疯癫的第一阶段完全不同,那时她感到沮丧、无精打采,尽管有时激烈,更常见的是平静地企图自杀。如今她进入了一种饶舌的癫狂状态,她说起话来愈发狂乱、语无伦次和没完没了,直到陷进胡言乱语,坠入昏迷。"[②]精神的疾病给伍尔夫的头脑和性情都造成了永久性的影响。最终,由于担心自己再一次发病,对疾病的恐惧导致了伍尔夫的自杀。

对于伍尔夫来说,精神疾病是一把双刃剑,既是她终生痛苦的根源,又成为她创作灵感的源泉。那些痛苦的体验和折磨不仅提供了创作的素材,同时赋予了她敏锐的感受力和体验感。早在希腊罗马时期,柏拉图和亚里士多德等人就将创造力与癫狂状态联系起来,疯狂被解释为一种"神力凭附",癫狂者的语言是对未来的预言。拜伦也曾

[①] 弗吉尼亚·伍尔夫著,王义国等译,《伍尔夫随笔全集》,北京:中国社会科学出版社,2001年,第602页。
[②] 昆汀·贝尔著,萧易译,《伍尔夫传》,南京:江苏教育出版社,2005年,第228页。

海洋与女性主体
——伍尔夫海洋意象解读

说过:"我们艺术家全都疯狂,有些人迷醉于狂欢,有些人则受制于幽怨,但都有点精神错乱。"[①]可见艺术家都有些癫狂的气质,癫狂和天才是一枚硬币的两面。柯勒律治吸食了鸦片,头脑处于癫狂的状态,才在迷思的状态下创作出不朽的诗歌《忽必烈汗》。就像伍尔夫在日记里记录的那样,她所有的热情被激发出来,感受到主观世界和客观世界的完美结合,进入创作的高潮阶段。伍尔夫一生都在与病魔作斗争,一旦疾病来袭,她就无法正常作息,连吃饭睡觉都成了奢望,时常陷入绝望和抑郁的泥潭,甚至企图自杀;但从另一个角度来看,疯癫滋养了她的作品内容,成就了她敏感的气质,极大地丰富了她的想象力,促成了她对于人生终极意义的思考。

伍尔夫认为,那能够表达哈姆莱特的滚滚思绪和李尔王的悲剧的英语,却没有词汇去描绘寒战和头疼。"可是当一个病人试着向医生描述她的头疼,语言立即就变得干巴巴的了。没有任何现成的词句供他使用,他被迫自己去创造新词,一手拿着疼痛,另一手拿着声音(也许就像巴别城的居民们创造语言时所做的那样)。"[②]显然,如何借助语言呈现疾病给病人带来的身心痛苦,如何表达这些难以言传的感受,是伍尔夫在小说创作中面临的一个问题。作为现代主义作家,伍尔夫更多地借助于意象。

---

① 凯·雷德菲尔德·贾米森著,刘建周等译,《疯狂天才:躁狂抑郁症与艺术气质》,上海:上海三联书店,2007年,第3页。
② 弗吉尼亚·伍尔夫著,王义国等译,《伍尔夫随笔全集》,北京:中国社会科学出版社,2001年,第602页。

第二章 《远航》中的海洋意象与自由宣言

大海意象在小说中逐渐呈现出一种悲观的基调。当蕾切尔意识到现实无法容纳她所追求的自由时，它不再是自由的形象：蕾切尔越深入地了解维多利亚时代的传统习俗，她就越感到约束和规训。爱情带来了自由的前景，但它更多地意味着规训和服从。

伍尔夫在创作小说的过程中，为蕾切尔出航的这艘船起过好几个名字，最后她决定以三种恩典之一"尤弗西斯尼"来命名，象征着欢乐，这无疑带有讽刺意味，因为这是蕾切尔有去无回的单程航行，她最终悲惨死去。在南美殖民地，人们依旧根据维多利亚社会的传统标准对蕾切尔进行评判，她对音乐的热爱与对人们对文学传统的崇拜背道而驰，音乐只是被人们当作一种游戏，她的个人价值遭到贬低。蕾切尔是一个被动但敏感的观察者，她敏锐地意识到爱情将她引入令人窒息的社交惯例和婚姻中，爱情是自由的反面，由此看来，蕾切尔主体性的解体和死亡是不可避免的。

蕾切尔的自我意识逐渐扩大，希望获得真正的自由。她渴望进入原始森林，找到大自然赐予的宁静和自由。在海伦犹豫不决的情况下，蕾切尔似乎急于加入森林探险。她只是浅尝辄止地阅读了吉本的《罗马帝国兴衰史》，却被书中的一些东西所触动——她想要探索世界，拓展自己的边界，从而建立自己的王国。蕾切尔周围的每个人似乎都与英国殖民地有关，但人们对殖民地人们的真实生活知之甚少。他们从谈话或阅读的书籍中获取知识，并在此基础上形成自己的观点和信仰。人们从书本上获得的知识是

海洋与女性主体
—— 伍尔夫海洋意象解读

片面的、靠不住的，只有深入到当地人的生活中去，与他们真正接触交谈之后，这些所谓的知识才能内化，这些英国人对于殖民地才能有所了解。然而，即使是在河流上游的原始森林（自由的象征），蕾切尔也没有与那里的土著人建立任何联系，反而发现了这个看似自由的丛林里充满了种种维多利亚社会的惯例常规。她没有发展出自己的自主权；相反，她不自觉地受到了休伊特的影响，仿佛在做着白日梦，附和着他的思想和话语。"你喜欢和我在一起吗？"休伊特问。"是的，"她回答。然后休伊特进行了爱情告白。"我们彼此相爱，"休伊特说。"我们彼此相爱。"她重复道。蕾切尔跟在他后面，见他站住、转身，她就站住，不知道怎么走，也不知道为什么站住、为什么转身①。蕾切尔对休伊特的爱情表现为顺从和附和：她感到一阵奇怪的快乐，但同时又觉得这很可怕。即使在远离传统社会的荒野中，蕾切尔也未能建立起自己的自主性，爱情并不是自由的同义词。不远处的潺潺流动的小河是自由的象征，她却没有实现梦想的自由。

她非常沮丧，甚至梦想着回家。她对南美殖民地生活的态度发生了变化："这个国家有什么是如此可恶的……是蓝色的——总是蓝色的天空和蓝色的大海。这就像一幅帘子——想要的东西都在另一边……只要登上船，我们就

---

① Virginia Woolf, A Room of One's Own & The Voyage Out, Introduction and Notes, Sally Minoguy, London: Wordsworth Classics, 2012, p.372.

把自己与世界完全隔绝了。"①但是，当她表达对英国保守传统的生活的怀念之情时，她却在眺望着象征自由的大海。蕾切尔没有意识到这个小小的殖民地只是"帘子"那一边的一个缩影。蕾切尔痛苦地认识到："……她想要的东西比一个人的爱还要多——大海、天空。她又转过身来，望着远处的蓝天。她不可能只想要一个人。"②爱情和婚姻是对个人自由的剥夺。她愈意识到自己对自由的追求，对即将开始的婚姻生活就愈发抵触，这是蕾切尔痛苦的根源。

森林探险的自由之行最终变成了绝望之旅，这一点在小说的开头就有暗示。海伦正在刺绣，刺绣的图案显示了逆流而上的场景："那是一条穿过热带森林的热带河流，最后还会有一只在香蕉、橙子和巨大石榴等众多水果间大快朵颐的花斑鹿。与此同时，还有一堆赤身裸体的土著，正在朝空中投射飞镖。"③绣布上的热带河流是探险队逆流而上的河流。它本是海洋的一部分，是自由的象征，但原始的画面却带有暴力的基调，暗示着蕾切尔命中注定的结局。

爱情的本质不是自由，而是限制。对于休伊特来说，尽管他欣赏蕾切尔身上的不食人间烟火的品质，然而，他要帮助蕾切尔成长，要将她重塑为被社会认可的伴侣，首

---

① Virginia Woolf, A Room of One's Own & The Voyage Out, Introduction and Notes, Sally Minoguy, London:Wordsworth Classics, 2012, p.396.
② Virginia Woolf, A Room of One's Own & The Voyage Out, Introduction and Notes, Sally Minoguy, London:Wordsworth Classics, 2012, p.397.
③ Virginia Woolf, A Room of One's Own & The Voyage Out, Introduction and Notes, Sally Minoguy, London:Wordsworth Classics, 2012, p.168.

海洋与女性主体
—— 伍尔夫海洋意象解读

先就是要蕾切尔摒弃对音乐的热爱，在休伊特看来，这是一种不切实际的喜好。在休伊特向蕾切尔进行爱情告白的时候，他仿佛接收到了某种启示："我要使你自由。我们可以一起获得自由。"①但是使别人自由是一种矛盾修辞法。"使"这一概念意味着控制。就如同一名饲养员首先要确保动物生活在一定的空间范围内，继而自行决定动物的自由有哪些。蕾切尔想要一个心理上的结合，但却逃避任何身体接触。她意识到他们的关系即将带来束缚，因而下意识地回避恋爱。蕾切尔认为自己从根本上独立于休伊特，因为他们的关系最终与生活无关。伍尔夫这样描述蕾切尔的思想：

"……因为这种生活不依赖于她，也不依赖于其他一切。同样，尽管她打算和他一起生活三十年、四十年或五十年，也会和他争吵，或者和他亲近，她还是不依赖他；她独立于其他一切。然而，正如圣约翰所说，是爱使她明白了这一点，因为在爱上他之前，她从来没有感到过这种独立、这种平静和这种确定，也许这也是爱。"②

蕾切尔意识到，只有爱一个人，才能理解真正自由的本质，而真正的自由只有从爱情中独立出来才能获得。面对这样的悖论困境，唯一可行的解决办法似乎是从生活本身中解脱出来。

---

① Virginia Woolf, A Room of One's Own & The Voyage Out, Introduction and Notes, Sally Minoguy, London: Wordsworth Classics, 2012, p.348.
② Virginia Woolf, A Room of One's Own & The Voyage Out, Introduction and Notes, Sally Minoguy, London: Wordsworth Classics, 2012, p.409.

第二章

海洋作为自由的形象贯穿于整部小说。当休伊特告诉蕾切尔他喜欢对她怀有敌意时,蕾切尔头脑中出现了大海的画面:被扔进海里,被冲来冲去,被驱赶着来到世界的起点,这个想法令人欣喜若狂……当她从他身边经过时,他把她搂在怀里,他们争夺着控制权,想象着岩石和大海在……下面起伏着。"我是美人鱼!我会游泳,"她喊道,"游戏结束了。"①蕾切尔想象着自己在海里游泳,摆脱爱情的束缚。蕾切尔想象中的自由是毁灭性的,代表着蕾切尔努力摆脱休伊特的"掌控",大海是自由的象征,而死亡似乎是唯一的获得自由的出路。

大海和死亡之间的联系屡次出现。在小说的开头,甚至在蕾切尔第一次见到她的舅舅和舅妈之前,蕾切尔就听到了一个男人阴郁的声音:"在一个漆黑的夜晚,一个人会头朝下从楼梯上摔下来……"一个女人的声音补充道,"然后被杀死。"②蕾切尔的舅舅谈到了她去世的母亲,海伦把菊花"放在桌布上,小心翼翼地并排排列",佩珀先生提到一位詹金森先生已经去世,另一位詹金森先生刚刚失去了妻子③。

大海的影像最终出现在蕾切尔生病之后的幻觉中,伍尔夫描述了蕾切尔生病时的大海,"下午非常热,海浪拍

---

① Virginia Woolf, A Room of One's Own & The Voyage Out, Introduction and Notes, Sally Minoguy, London:Wordsworth Classics, 2012, p.393.
② Virginia Woolf, A Room of One's Own & The Voyage Out, Introduction and Notes, Sally Minoguy, London:Wordsworth Classics, 2012, p.153.
③ Virginia Woolf, A Room of One's Own & The Voyage Out, Introduction and Notes, Sally Minoguy, London:Wordsworth Classics, 2012, pp.153-154.

海洋与女性主体
—— 伍尔夫海洋意象解读

打着海岸，听起来像是筋疲力尽的生物在反复叹息"[①]。海岸上的波浪叹息着，正如蕾切尔对自由的追逐——她失去了希望。在对她的疾病和幻觉的描述中，海的形象被反复提及。在她生病的那天下午，休伊特正在大声朗读弥尔顿的《科玛斯》，《科玛斯》的中心主题是童贞。故事讲述了一位女士和她的两个兄弟的危险旅程。女性险些被强奸，在她兄弟的努力下，才最终逃出魔爪。伍尔夫间接指出了公众对女性纯洁性的强调与私人性剥削之间可怕的脱节，维多利亚社会的女性每天都生活在这种脱节中。当蕾切尔进入昏迷状态，她不仅想到了男性性侵，还想到了女性的自杀行为。在获得未婚妻身份的过程中，蕾切尔就像《科玛斯》中的那位女士一样，进入了一个同样的危险领域——她必须满足他的需求——他在社会体系中的地位所产生的欲望，这些欲望违背了她纯洁、孤独的自我本性。通过这种方式，强奸的概念最终在小说中被表达出来，这是一种威胁，蕾切尔必须履行各种平庸的职责，以符合一个妻子的身份。蕾切尔唯一的出路就是远离这个传统社会，回避将要到来的危险。在社会生活和人际关系中，她无法达成纯粹的自我，只有疾病和死亡才能帮助她脱离传统、回归自我。

蕾切尔从原始森林回来，开始发烧。实际上，这种疾病不只是生理上的疾病，更是与休伊特密切交往的必然心理反应。爱情和婚姻带来的阴影打扰着她，她感到惶恐不

[①] Virginia Woolf, A Room of One's Own & The Voyage Out, Introduction and Notes, Sally Minoguy, London: Wordsworth Classics, 2012, p.471.

安。蕾切尔的纯洁和正直只有在她独处时才能保持。换句话说，死亡是她走向社会生活不可避免的后果。蕾切尔最终回到海洋的怀抱，与宇宙中广泛的、非个人的力量融合在一起。

蕾切尔在临终前又产生了波浪的幻觉，"她来到了黑暗、黏稠的池塘的水面，一个波浪似乎在把她推上推下；她不再有自己的意志了；她躺在波浪上面，意识到有些疼痛，但主要是虚弱"①。在与传统习俗的斗争中，她是软弱的。曾经象征自由的大海现在吞噬了她，成为她幻灭的象征。

蕾切尔在现实社会中没有获得个人自由，没有实现自我价值，在成长过程中她一直被忽视、被贬低，不断按照父权制社会的标准被定义、被重塑。出海之旅实际上是一次进港之旅，同时也是她对内心灵魂的探索。蕾切尔试图冲破文化强加给女性的成长路径，然而蕾切尔的欲望的力量和资源都无法与强大的文化潮流相抗衡。蕾切尔在斗争中不是以胜利告终，而是以幻觉和死亡结束。爱情成为她怀疑和焦虑的来源，最终变成一场灾难，她产生了一种类似精神疾病的幻觉。

在疾病史上，精神类的疾病被人们理解为一种偏执型的外在表现，源于意志的崩溃或强烈的情感超过自身可以承受的能力。当爱情来临，蕾切尔联想到的是性剥夺，以及来自父权社会对女性的压迫和规训，她追求的自由注定

---

① Virginia Woolf, A Room of One's Own & The Voyage Out, Introduction and Notes, Sally Minoguy, London: Wordsworth Classics, 2012, p.422.

海洋与女性主体
——伍尔夫海洋意象解读

无法实现。在自我与社会规范的撕扯中,蕾切尔的精神濒于崩溃。《达洛卫夫人》中的退伍士兵赛普蒂默斯同样无法承受战友的牺牲,他在真理和现实的矛盾中撕扯,无法自恰。

"他期待着。他倾听着。一只雀儿栖息在他对面的栏杆上,叫着赛普蒂默斯,赛普蒂默斯,连续叫了四五遍,而后又拉长音符,用希腊语尖声高唱:没有什么罪行。过了一会,又有一只雀子跟他一起,拖长嗓子,用希腊语尖声唱起:没有什么死亡。"[①]他试图回避"罪行"和"死亡",所谓的"罪行"就是指在他的战友埃文斯阵亡时,他自认为没有表现出痛苦和悲伤,埃文斯死去了,而他还活着,他因此无法原谅自己。伍尔夫本人也深深地体会到类似的内疚感,在她父亲死后,"所有这些引起了一种很自然的哀伤,还有一种负罪感,这种感情在我们所爱的人去世时并不少见;可其中还有别的东西——一种深深的恼怒"。这是因为她和她的兄弟姐妹在父亲死后竟然"高兴地跟个蚂蚱似的"[②]。伍尔夫随后出现了精神崩溃,躺在床上听见小鸟们用希腊语唱歌,想象爱德华七世躲在杜鹃花丛里说着最脏的话,伍尔夫实际上把自己的经历移植到了赛普蒂默斯的身上。

伍尔夫经历了两次世界大战,她的自杀与第二次世

---

① 弗吉尼亚·伍尔夫著,孙梁,苏美译,《达洛卫夫人》,上海:上海译文出版社,2011年,第22页。
② 昆汀·贝尔著,萧易译,《伍尔夫传》,南京:江苏教育出版社,2005年,第94~95页。

界大战并非没有关系。她的丈夫伦纳德的犹太人身份、战争中的物质匮乏、对生活秩序的破坏,这些对她的身心都造成了严重的影响。她的外甥朱力安死于"二战",带给全家人巨大的伤痛。但是,在作品中她却几乎没有直接描写战争,这一点一直让读者感到迷惑。"如果我们试图理解她对历史叙述的挑战,至关紧要的是要在她对战争的对抗中看到一种如此彻底的义愤,以致她采取了比反战诗人们更激进的立场,干脆拒绝对战争做任何描写。"① 赛普蒂默斯热爱莎士比亚,想成为一名诗人,在"爱国"的旗帜之下,他加入了第一批自愿入伍者的行列,到法国作战。战争给这名年轻人造成了无法承受的创伤,好朋友埃文斯的死给他带来了极大的冲击。他饱受炮弹症的精神折磨,胡言乱语,神志不清,最终跳楼自杀。赛普蒂默斯的疯癫是对所谓"荣耀""正义""爱国"等战争神话的极大讽刺。

埃文斯在战场上献出了生命,赛普蒂默斯深受炮弹症的折磨,而发动战争的上流社会却好似什么都没有发生,沉湎于优渥的生活。赛普蒂默斯经历了两位医生,霍姆斯医生认为他没有什么病,建议多做户外活动,显然并没有对病人表示出丝毫同情,毫无人性可言。布雷德肖医生为了帮助病人建立所谓的"平稳观念",对这些"激进主义者"进行矫正和规训,从意志和情感上施加控制,直至病人麻木和服从。福柯指出,"医生的'凝视'可以极

---

① 曾艳兵主编,《西方现代主义文学概论》,北京:北京大学出版社,2012年,第251~252页。

海洋与女性主体
—— 伍尔夫海洋意象解读

大地改变他/她把病人身上发生的事情抽象化的方式"。实际上福柯认为"这种'凝视'甚至可能涉及社会政治关系"。也就是说,凝视主体与客体是监管与被监管、控制与被控制的关系。对于医生来讲,"他工作中的头等大事似乎不是诊治病人,而是监视这些病人是否危及公共秩序。在他眼里,精神病是激进主义的一种表现形式,'一种必须加以遏制的社会危险'"[①]。以医生为代表的权力机关的职责就是维护权威、蹂躏意志、镇压反抗。在赛普蒂默斯自杀之前,他"还有种种幻觉。他常说,快溺死了,正躺在悬崖边上,头上海鸥飞翔,发出凄厉的喙声;这时他看着沙发边,望着地下,说是俯瞰海底"[②]。赛普蒂默斯的幻觉和蕾切尔临死前的幻觉非常相似,大海似乎要将人吞噬,又或者,他们梦想着回到海底,回到生命的初始之地,找到自己的归宿。

赛普蒂默斯最终纵身一跃,逃离了被规训被掌控的生活,获得了个体的自由与解放。他的妻子雷西娅"戴上帽子,穿过小麦田——究竟是什么地方呢?——登上丘陵,靠近海滨了,看得见船、海鸥、蝴蝶。他俩跌坐在山岩之巅。在伦敦,他俩也这样坐着,梦幻似的,从卧室门缝里传来淅淅沥沥的雨声,喁喁细语声,干麦田里的窸窣声;她依稀感到海洋的抚摸,似乎把他俩裹在半圆形壳中,当

---

① 米歇尔·福柯著,刘北成译,《临床医学的诞生》,上海:译林出版社,2001年,第37页。
② 弗吉尼亚·伍尔夫著,孙梁,苏美译,《达洛卫夫人》,上海:上海译文出版社,2011年,第136页。

她在那里安息之时,波浪在耳畔絮语,仿佛落红点点,洒在坟上"①。雷西娅在幻觉中看到了海洋,感受到了海洋的抚摸,在海洋的怀抱中,她和赛普蒂默斯都获得了安全与平静。在读者看来,这样的海洋意象暗示了赛普蒂默斯终于获得了解脱,他饱受折磨的灵魂终于获得了安宁。

蕾切尔和赛普蒂默斯有许多共同之处,他们都是权力机构规训下的牺牲品。蕾切尔处于维多利亚父权社会对女性的压抑和剥夺之下,远航开拓了她的视野,她的自我意识逐渐增长,渴望更多自由的空间,但是父权社会下对于女性的性剥夺、女性边缘化的社会地位挤压了她的自由空间,最终蕾切尔出现了精神疾病的症状,幻觉中出现了大海意象,暗示着只有死亡才是自由的出路。赛普蒂默斯的悲惨命运同样是上流社会一手造成的,他在战争神话的感召下参加了"一战",战争的残酷远远超过他身心能够承受的范围,他患上了精神疾病,以两位医生为代表的上流社会对他没有丝毫的同情和怜悯,而是不断地企图控制操纵他。赛普蒂默斯同样产生了海洋的幻觉,感觉"要溺死"了,最终他纵身一跃,获得了解脱。伍尔夫将精神疾病与大海意象建立关联,大海很容易使读者产生自由的联想,而书中的人物无法承受权力机构的控制和重压,只能从死亡中得到解脱和自由。可以说,海洋意象的运用强化了权力机构和父权社会对人物的压迫,突出了精神疾病的政治性本质。

---

① 弗吉尼亚·伍尔夫著,孙梁,苏美译,《达洛卫夫人》,上海:上海译文出版社,2011年,第137页。

第三章 《到灯塔去》的海洋意象与女性价值

在《远航》中，伍尔夫聚焦于女性角色在通往更广阔存在的自由之旅中的心理复杂性，突出了外部现实对内心世界的影响。《到灯塔去》讨论了更广泛的问题，面对外部世界的威胁和生命的短暂，女性人物探索并实践着人生的意义。小说中的海洋意象更加丰富，它不仅反映了人们内在的感受、印象和感知；同时，海洋参与了人们的心理过程，人们最终理解和感知了生命的本质。

伍尔夫声称她在《到灯塔去》中书写的是她去世的双亲，她试图通过这部小说化解失去亲人的痛苦，从新的角度理解她的父母。在小说中，拉姆齐夫人和莉莉各自找到了人生的意义——拉姆齐夫人努力建立一个和谐的群体，莉莉在绘画创作中找到生命的平衡。

《到灯塔去》中的拉姆齐夫人追求和谐的状态，和谐符合西方文化的审美理想，西方艺术作品注重对和谐的表达。和谐也是中国传统文化的重要组成部分，是儒家思想的最高价值标准。和谐是人类看待世界和处理人际关系的平衡视野。在《到灯塔去》中，拉姆齐夫人和莉莉以不同的方式接受了生活中的冲突，实现了和谐。为了向读者传达女性角色心理的最终感知，伍尔夫在运用海洋意象时使用了更复杂的技巧。海洋不再是客观存在，它更是主观存在，是作者与读者间的一场共谋，它甚至是人们寻找自己愿景的渠道。

这部小说由"窗""岁月流逝"和"灯塔"三部分组成。第一部分描写了拉姆齐一家和他们的客人在岛上别墅里的活动；第二部分渲染出他们离开后十年里被遗弃的房子的荒凉图景；第三部分讲述莉莉·布里斯科最终完成了她的画作，同时拉姆齐先生和孩子们到达了灯塔。小说的第一部分"窗"聚焦于外部现实和内部现实的双重性，以及用来联系两个世界的窗口。第二部分"岁月流逝"主要关注人类生命的短暂性和人们寻求的永恒。第三部分"灯塔"将过去带到了现在，两者的结合足以启发人们认识到自己的精神归属。

小说中的人物试图在复杂的生活中，找到个人的生命意义。由于各自的生活经历不同，他们看待世界的方式千差万别。从这个意义上说，《到灯塔去》描述的是人类找

海洋与女性主体
——伍尔夫海洋意象解读

寻生命真谛的精神旅程。伍尔夫巧妙地运用了大量意象，描绘了人们的沮丧、忧虑、困惑和顿悟。灯塔、小岛、沙丘、晚宴和莉莉的画作都是象征性的。所有这些意象都是人物情感的反映、原因或表现。在所有的意象中，海洋意象贯穿于整部小说，可以说，海洋是最重要的意象，它可以跟踪人物的心理变化，参与人们的心理状态，有助于最终揭秘生活的真相。

海洋代表了秩序与和谐，也代表了无序的生活状态。拉姆齐夫人渴望和谐的生活和人际关系，努力在充满纷争的世界中将人们聚集在一起，企图建立温暖的空间，在小的群体中建立和谐与秩序。同样，莉莉·布里斯科在动荡的生活中挣扎，她徘徊在外在现实与内在现实、记忆与当下、生命的短暂与艺术的永恒之间。拉姆齐夫人去世多年后，莉莉最终借助外部世界，尤其是海洋意象，找到了自己看待生活的视角。拉姆齐夫人一生追求的和谐终于得以实现。在探索生命本质的过程中，面对生命的复杂性，传统女性拉姆齐夫人和新女性莉莉·布里斯科最终找到了看待生命的视角。

第一节 海洋意象与二元对立

在《雅各的房间》和《达洛卫夫人》中，叙事的流动性是对普通日子里流动的思维的高度模仿，从一个印象跳到另一个印象，从一个念头转到另一个念头。而《到灯塔去》中，流动的叙事是按意象安排的。这些意象在人与人之间闪现，照亮了他们的生活体验。这种模式非常类似于拉姆齐夫人所说的人们开始认识彼此的方式："它下面全是黑暗，它正在扩散，它深不可测；但我们时不时地浮出水面，我们借此看到彼此。"①《到灯塔去》就是一部"高度象征性和诗意"的小说，它的诗意在于意象的印象派运用。大海、窗户、灯塔甚至莉莉的画经常闪现出来，充满了暗示的意味。

　　大海是小说的中心意象，贯穿了整本书的始终。在第一部分，拉姆齐夫人坐在窗前，给小詹姆斯讲童话故事，听到海浪拍打；在第二部分，大海是一股猛烈的力量，吞没了岛屿和房屋；在第三部分中，莉莉·布里斯科面向大海，看到拉姆齐先生和两个孩子航行到灯塔去，实现了拉姆齐夫人的愿望，她的画作也得以完成。更重要的是，海洋不仅是视觉所见，更是一种主观表达。它传达特定的情感、思想、理解和感知。大海同时是时间的象征，代表了永恒、生命的变化、欢乐和悲伤。

　　作为小说中无处不在的形象，大海对每个角色来说都是独一无二的。《到灯塔去》里的每个人都在寻找现实，一种感知生命本质的神秘探索。人们通常认为，精神体验是无法言说的东西，人类的精神追求，甚至是小小的启发，都无法用清晰、理性的文字来描述，只能为读者所感知。伍尔夫借助海洋意象，暗示人们的精神体验。每个人

---

① Virginia Woolf, To the Lighthouse, Introduction and Notes, Hermione Lee, London: Wordsworth, 2002, p.69.

海洋与女性主体
—— 伍尔夫海洋意象解读

都有自己独特的生活经历,这决定了他对世界的看法、他所看到的现实以及感受的独特性。人们对海洋有着不同的看法,正是基于他们对生命的不同体验和理解。海洋对不同的人有不同的含义,甚至同一个人在不同的时刻,会感受到海洋传达了不同的感情和情绪。

当拉姆齐先生面对人类生命的短暂时,大海体现了他的动态人生观。他首先将生命视为一次走向死亡的航行,最终船只沉没。他充分意识到人类生命的短暂,对永恒有着顽强的追求。他更喜欢坚实的东西,那些不会改变并将继续存在的东西,比如坚实的土地、确定的事实、名声和学术成就。虽然他无法在短暂的生命中建立永恒的名声,但他拒绝投降,坚持"让肌肉和大脑对抗海浪和狂风"[①]。十年后,他对生活的态度发生了变化,他对海洋的看法也随之改变。拉姆齐意识到"海洋的深处……终究只是水"[②],他最终接受了生命的短暂,与内心达成了和解。

小女孩南希·拉姆齐对海洋形象的印象明显不同。大海是生命本身的反映,小南希体验了浩瀚和渺小截然不同的两种感觉。她把岩石之间的水池想象成海洋的缩影:

"她用手遮住阳光,在这个小小的世界上撒下了巨大的阴云,带来黑暗和荒凉,就像上帝为数百万无知和无辜

---

① Virginia Woolf, To the Lighthouse, Introduction and Notes, Hermione Lee, London: Wordsworth, 2002, p.179.
② Virginia Woolf, To the Lighthouse, Introduction and Notes, Hermione Lee, London: Wordsworth, 2002, p.223.

的生物所做的那样。然后她突然把她的手拿走,让太阳的光线照进这片池子……那浩瀚和渺小(池子又消失了)的两种感觉使她觉得手脚都被束缚着,无法动弹,因为强烈的感情使她自己的身体、自己的生命,以及世界上所有人的生命,永远归于虚无。"①

大海没有赋予她力量,在大海面前,她变得脆弱不堪。南希扮演上帝的角色,却发现自己在大海面前变得渺小而虚无。大自然的力量削弱了她,她紧紧抓住自己小小的内心世界,就像海葵紧紧抓住岩石一样。南希把水池里的生活视为生命的象征,而池中的生命充满着沧桑和悲剧意味。

对于每个角色和读者来说,要获得一个完整的自我意识几乎是不可能的。小说中的人物被海洋所吸引,并根据他们独特的经历和对生命本身的不同理解,以不同的方式对海洋进行解读。对海洋意象的研究有助于了解人物的瞬间感受、灵感和洞察力。

第二节 "屋子里的天使"与"渔夫的妻子"

海洋意象因人们不同的生活经历和观念而具有不同的内涵。对于拉姆齐夫人来说,大海时而和谐,时而混乱,面对暴力的外部世界、短暂的人类生活和转瞬即逝的生

---

① Virginia Woolf, To the Lighthouse, Introduction and Notes, Hermione Lee, London: Wordsworth, 2002, p.83.

海洋与女性主体
—— 伍尔夫海洋意象解读

命,拉姆齐夫人寻求安全和永恒的东西,她化身为"房中的天使",在混乱的世界提供精神安慰,把人们连接在一起,企图对抗冷酷的现实和生命的无常。

拉姆齐夫人与她的儿子詹姆斯坐在一起,听到远处大海的涛声,她意识到,个体生命在时间永恒的模式下展开,而涌起的波浪回落,再次形成一个统一的整体,大海就是波浪的统一体。拉姆齐夫人坐在窗前,感受到男人说话、孩子玩耍和海浪拍打的和谐声音。如果其中一个元素缺失,她认为生命自然流动的模式就会被打破。拉姆齐夫人有时会意识到海浪的声音是平静而舒缓的,是对她精神追求的回应。

《阁楼上的疯女人》认为,在父权社会"王后的窥镜"的视域下,女性丧失了自我,只是作为男性的附属物生活。书中批评了约翰·罗斯金(1865年)的观点,罗斯金认为女性的"权利不是用来统治的,不是用于战争的,她的智力也不是为了创造发明而存在的,而是为了甜蜜地服从"于家庭生活的需要。换言之,女性要放弃自我,放弃个人的舒适、欲望,保持某种"静思的纯洁"[1]。半个世纪过去了,在伍尔夫写作《到灯塔去》的时代,父权政治依然对女性进行着压迫和掠夺,女性的职责依旧是服务和顺从。

拉姆齐夫人无私地爱他人,为他人服务,她开辟出一片有爱的空间,以群体之力抵抗生命的无常,在苦难、分

---

[1] 桑德拉·吉尔伯特,苏珊·古芭著,杨莉馨译,《阁楼上的疯女人》,世纪出版集团,上海人民出版社,2015年,第31页。

裂和斗争中寻求日常生活中短暂的乐趣：她邀请查尔斯·坦斯利进城，同情他的遭遇；她主动提出给卡迈克尔先生买东西，即使她知道他不喜欢她；她希望保罗和敏娜结婚……她为他人提供帮助，几乎受到所有人的尊敬。她喜欢"别人对自己的态度，这是任何一个女人都会感受到的、觉察出来的，令人愉快的、信任的、孩子气的、尊敬的态度；这是一个老女人可以从一个年轻男人那里得到的，而不会失去尊严"①。任何人都会看到拉姆齐夫人周围充满了敬畏的气氛。查尔斯·坦斯利意识到，50岁的她是"他所见过的最美丽的人"，并为帮她拎包而自豪②；一位诗人为她题写了一本书，称她为海伦；班克斯先生在电话里回应她的声音，对她说："大自然只有很少的黏土……能够塑造像你这样的人。"③班克斯先生带着崇敬的目光凝视着她给儿子读书④，欣赏母子在一起的美好的生活图景。可以说，拉姆齐夫人就是"屋子里的天使"的典型形象。

伍尔夫把20世纪初的母亲或妻子称为"屋子里的天使"，即执行家务劳役的人。伍尔夫生动地描述了这位天使的无私："她有强烈的同情心。她非常迷人。她完全无私。她擅长艰难的家庭生活艺术。如果有鸡肉，她吃鸡

---

① Virginia Woolf, To the Lighthouse, Introduction and Notes, Hermione Lee, London: Wordsworth, 2002, p.10.
② Virginia Woolf, To the Lighthouse, Introduction and Notes. Hermione Lee, London: Wordsworth, 2002, p.25.
③ Virginia Woolf, To the Lighthouse, Introduction and Notes, Hermione Lee, London: Wordsworth, 2002, p.46-47.
④ Virginia Woolf, To the Lighthouse, Introduction and Notes. Hermione Lee, London: Wordsworth, 2002, pp.73-76.

海洋与女性主体
——伍尔夫海洋意象解读

腿;简言之,她是这样的,她从来没有自己的想法或愿望,而是更愿意永远同情别人的想法和愿望。"①拉姆齐夫人生活在维多利亚晚期的父权社会中,她把自我融入群体生活中,对他人有着强烈的情感,热切地为他们提供帮助,部分原因是她意识到生命处于分裂的危险之中,她必须全力以赴,将人们黏合在一起,实现人生的意义。她独自编织的时候,甚至把自己想象成灯塔发出的那条绕着海岸旋转的长光束:

"……她向外望去,迎接灯塔的那束光,那一次又长又稳的光束,那是三次光束中的最后一次,那是她的光,因为在这个时候,人们总是怀着这种心情望着,禁不住会对一件东西产生依恋,特别是对亲眼所见的东西产生依恋。而这个长而稳定的光束,正是她的光束。她常常发现自己坐在那里,看着,看着,手里拿着针线活,直到她变成了她所注视的东西——比如那束光。"②

她认为自己就是那束光,安慰和引导着人们,帮助人们在混乱和不安全的世界中找到确定性和安全感。拉姆齐夫人努力将人们聚集在一起,创造和谐。伍尔夫描述了晚宴的场景:

"这时,所有的蜡烛都点着了,桌子两边的脸都被烛光照得更近了,他们在黄昏时并不是如此,人们围着桌子

---

① Virginia Woolf, The Complete Shorter Fiction of Virginia Woolf, ed, Susan Dick, 2nd ed, London: Hogarth, 1989, p.285.
② Virginia Woolf, To the Lighthouse, Introduction and Notes, Hermione Lee, London: Wordsworth, 2002, p.63.

聚在一起，因为玻璃窗把夜晚挡在了外面，玻璃窗非但不能准确地反映外面的世界，反而奇怪地在这里激起涟漪，房间里，似乎是一片秩序井然的干燥的土地；在那里，外面是一个倒影，在这个倒影中，一切都像水一样摇曳着消失了。"①

餐桌旁的一切都显得很和谐，拉姆齐夫人意识到，将人们聚集在一起，创造令人难忘的团结和温暖，这就是她的责任和使命。她勤俭持家、保持整洁、招待客人，所有这一切都是为了让人们体会到生活的美。"对拉姆齐夫人来说，家庭之美，礼仪之美，是对一个悲剧性的世界秩序唯一清晰而积极的回应；除了这些姿态之外，只有隐秘的、难以表达的感觉和杂乱的沉思。"②人们在日常生活中创造美与和谐来对抗混乱的生活。她清楚地知道，"没有理性、秩序、正义；只有苦难、死亡、贫穷。世界上有太卑鄙的背叛，她知道这一点。幸福不会持久，她知道这一点。"③拉姆齐夫人拒绝信仰基督教，转而相信人们必须获得自己人生的意义。面对严酷的外部现实、人类生命的短暂，她拒绝从宗教中寻求安慰，因为拉姆齐夫人从生活经验中知道，上帝不会消除生活中的痛苦、贫穷和困境。

---

① Virginia Woolf, To the Lighthouse, Introduction and Notes, Hermione Lee, London: Wordsworth, 2002, pp.105-106.
② Jean Alexander, The Venture of Form in the Novels of Virginia Woolf, N. Y & London: Kennikat Press, 1974, p.110.
③ Virginia Woolf, To the Lighthouse, Introduction and Notes, Hermione Lee, London: Wordsworth, 2002, p.71.

海洋与女性主体
—— 伍尔夫海洋意象解读

正如尼采宣称的那样，上帝已经死了。上帝的双手无法保护我们免受这个世界的伤害。拉姆齐夫人总结说，世界是一个动荡与欢乐、承诺与沮丧共存的地方。尽管拉姆齐夫人意识到她自己的渺小，认识到人际关系多么不完美、多么卑鄙、多么自私自利，但她希望通过婚姻和友情向生活灌输意义。当她看着昏暗的窗玻璃上蜡烛的倒影，房间里人们的声音传过来：

"仿佛这些声音是在大教堂的礼拜仪式上发出的，她根本没有在听。突然人们爆发出一阵笑声，然后一个声音（敏娜的声音）独自说话，这让她想起了在某个罗马天主教大教堂里，男人和男孩大声喊着拉丁语。她等待着。"[①]

她听到人们在交流，但她没有在听，也没有试图理解其中的含义。大教堂里做弥撒中的人们听不懂拉丁语，那些布道词很难触及他们的灵魂，也很难在纷争和分歧的世界中指引他们。拉姆齐夫人意识到宗教无法治理现代世界的混乱，她寻找更深刻、更具哲学性的人生意义，探索自己生命的重要性。拉姆齐夫人将自己比作船上的一名水手，感受到两者的共同之处：

"她做了这一切，就像一个疲惫的水手看到风吹满了他的帆，却又几乎不想再离开，想着一旦船沉没了，他会

---

① Virginia Woolf, To the Lighthouse, Introduction and Notes, Hermione Lee, London: Wordsworth, 2002, pp.119-121.

怎么惊慌地转来转去，然后在海底死去。"①

拉姆齐夫人用她的晚宴带给人们和谐的生命体验，她的家人和客人都感受到了这重要的时刻，铭记这些美好的生命瞬间。对于拉姆齐夫人来讲，她以此创造了人们存在的意义。拉姆齐夫人经历了贫困和苦难，她认为生活是对手，带来无尽的痛苦和伤害。因此，她必须把人们组合在一起，把年轻男女匹配到一起，因为她看到了两个人的结合能够创造出完整而持久的东西。面对生命的短暂，以及人际关系中的压抑、争吵、争论和分歧，她把人们拢到她的翅膀下，在小群体中创造爱和友谊，带来团结与亲近。十年之后，这次晚宴仍然深深扎根于人们的记忆中，在困难时期鼓励人们，并赋予他们新的愿景。

伍尔夫认为，每个角色的感知都局限于他所处的时间和空间。每个角色只有在特定时刻才意识到自己的内在自我，而在其他时刻，这些角色无法看清自己，读者也无法认清他们。查尔斯·坦斯利在晚宴上被激怒了，但出乎意料的是，莉莉的话平息了他的愤怒。拉姆齐夫人本来认为丈夫不体贴，不能与孩子共情，但是她这时改变了主意，开始钦佩丈夫，她觉得"没有人更值得她的敬重。她不够好，配不上给他系鞋带"。另一个非常典型的例子是莉莉对拉姆齐先生态度的瞬间改变。拉姆齐先生不停地要求怜悯，她为此感到愤怒，并不想满足他的需要，但在接下来的一刻，她又开始同情他。读者很难判断这个角色在哪一

---

① Virginia Woolf, To the Lighthouse, Introduction and Notes, Hermione Lee, London: Wordsworth, 2002, p.92.

海洋与女性主体
——伍尔夫海洋意象解读

刻代表了他的真实自我。拉姆齐夫人喜欢平静和谐的生活，但有时她对生活相当悲观，她眼中的大海瞬间变成了不和谐的象征。

人生不如意十有八九，生活中事与愿违的事情比比皆是，在拉姆齐夫人看来大海是人生逆境的写照。她意识到"岛上幽灵般的滚滚声响，淹没在大海中"，大海吞噬岛屿的画面暗示了大自然的破坏力，与之相比，人类的生命似乎"像彩虹一样短暂"[①]。拉姆齐夫人正是通过创造这些美好的"存在的瞬间"，与生活的逆境作斗争。她惊呼道："纷争、分裂、意见分歧、偏见，啊，它们这么早就开始……她站在客厅的窗户旁，认为真正的差异已经足够了，足够了。"[②]她感受到巨大的差异和偏见将人们分隔开来，在与生活这个可怕对手的博弈中，人们没有了任何胜算。

海洋象征了人生的逆境，代表了破坏人类秩序和创造力的邪恶势力。拉姆齐夫人试图构建和谐友好的人际关系，从而创造生命的意义，但当她与自然和文化的破坏力竞争时，她感到不安和沮丧。这种破坏力来势汹汹，让一切都腐朽不堪，人类的努力被削弱、被贬值。

海洋同样暗示了大自然的破坏性力量，"深灰色"海水的反复出现无疑给读者留下了深刻印象。汹涌的大海对

---

① Virginia Woolf, To the Lighthouse, Introduction and Notes, Hermione Lee, London: Wordsworth, 2002, p.20.
② Virginia Woolf, To the Lighthouse, Introduction and Notes, Hermione Lee, London: Wordsworth, 2002, pp.12-13.

渔夫的妻子和拉姆齐夫人都是一个警告：这是一种压制，一种遏制，将她囚禁于家务事的框架内。此外，海洋意象也表明了文化价值的下降，尤其是第一次世界大战之后，传统的浪漫生活和典雅的仪式消失了。自然和文化世界中的破坏力席卷了拉姆齐一家及其客人的生活，曾经的和谐破碎了；仿佛乐曲的和声戛然而止，拉姆齐夫人的努力似乎微不足道，因此毫无意义。

海洋是吞噬自然的力量，带来灾难、损失甚至死亡。大海环绕着这个小岛，在一夜之间控制了小岛和房屋。黑暗和破败感取代了房子的主人，成了岛上的统治者。在平静生活的表面下，混乱的潮流肆虐，打破了统一的局面，扭曲了正常的秩序。一片巨大的黑暗笼罩着这座房子，它吞没了物体，抹去了身份；这样的黑暗不仅是创造力的瓦解，更是毁灭一切的力量。人类的秩序消失了，邪恶的力量肆意横行，侵入了禁地。"漫漫长夜似乎已经开始了；轻浮的空气，轻咬的声音，湿漉漉的呼吸，摸索的声音，似乎已经胜利了。"在岛上，没有什么能阻止自然的贫瘠和麻木。大自然的力量变成了"巨大的混乱"，玩着"白痴游戏"，甚至它的美丽也是"可怕的"[①]。自然力无法识别人类的努力，也无法与人类产生共情。这种力量是肆无忌惮、蛮不讲理、无情无义的，拉姆齐夫人辛苦创造的小世界被彻底否定了。

"岁月流逝"中那座破旧的房子的描写源自伍尔夫

---

① Virginia Woolf, To the Lighthouse, Introduction and Notes, Hermione Lee, London: Wordsworth, 2002, pp.149-150.

海洋与女性主体
——伍尔夫海洋意象解读

的记忆。弗吉尼亚和她的兄弟姐妹在父亲去世后再次回到了原来的度假小屋。在暮色中,弗吉尼亚和她的妹妹瓦妮莎,以及她的两个兄弟托比和阿德里安来到他们过去居住的地方,他们透过树篱的一个缝隙窥视,发现"灯光不是我们的灯光,声音是陌生人的声音。我们像幽灵一样藏在树篱的阴影里,我们听到自己转身离开的脚步声"①。他们华兹华斯式的故地重游并没有带来预期的浪漫和惊喜,记忆中温馨的房子和花园已经消失不见,伍尔夫产生了一种感觉,觉得自己像鬼魂一样。

海洋不仅在自然领域是一种破坏性力量,而且代表了一种破坏性的文化环境,尤其是战争带来的严重影响。随着战争的爆发,英国的浪漫主义和维多利亚时期的观念与价值观永远地结束了。拉姆齐夫人在这个家庭中建立的价值观是传统的英国文化的一部分,他们的孩子们欣赏这种文化,但又想逃离束缚。拉姆齐夫人期待她的女儿普鲁结婚生子,安德鲁拥有美好的未来,一家人将永远团结在一起。但是拉姆齐夫人的梦想是文学性的、象征性的,战争阻止了一切。普鲁死于分娩,安德鲁死于一战。其他拉姆齐家的女孩南希、罗斯和凯姆梦想着一种别样的生活,一种更野性的生活,一种远离传统的家庭生活。最小的儿子詹姆斯在战争中幸免于难,他憎恨父亲和父亲所代表的秩序和权威。这场战争把拉姆齐夫人的梦想粉碎了,显然,

---

① Virginia Woolf, Virginia Woolf, A Passionate Apprentice: The Early Journals 1897-1909, ed. Mitchell A. Leaska, London: Hogarth Press, 1990, p.282.

统一和完整将永远无法恢复。就连大海也折射出战争的伤痕:"那么,在海滩上孤独地分享、完成、找到答案的梦想,不过是一面镜子中的倒影,当更高贵的力量沉睡在下面时,而镜子本身不过是在宁静中形成的表面玻璃?……沉思是无法忍受的,镜子被打破了。"①

面对世界上最具破坏性的力量,拉姆齐夫人的和谐梦想破灭了。伍尔夫在"岁月流逝"中将海洋与战争勾连起来:"有一艘如幻影般灰白色的船无声地来了,又走了;在平静的海面上留下来一个紫色的污点,仿佛有什么东西在大海深处看不见的地方沸腾了,流血了。"②大海似乎不受人类苦难的影响,盲目而沉默。黑暗的洪水降临在房子上,吞没小岛,带走理性和文明,留下了混乱和暴力。拉姆齐夫人努力让美好的时间静止不动,通过分享和创造发现生命的意义,在不断变化的生活中创造宁静和形态,但破败的房子、杂草丛生的花园和毁灭性的战争都诠释了变化和损失。房子被海风和黑暗所笼罩,这些人物的结局被伍尔夫有意地放在句子后面的括号里,他们被看成是无关紧要的人物,他们的生活似乎不值一提。

海洋同时代表了男权主义的文化价值观,是维多利亚时代浪漫的仪式和荣耀的另一面,代表了破坏性的社会习俗,以及父权制对女性的控制。拉姆齐夫人为安德鲁讲

---

① Virginia Woolf, To the Lighthouse, Introduction and Notes, Hermione Lee, London: Wordsworth, 2002, p.146.
② Virginia Woolf, To the Lighthouse, Introduction and Notes, Hermione Lee, London: Wordsworth, 2002, p.221.

海洋与女性主体
—— 伍尔夫海洋意象解读

《渔夫和金鱼》的故事，阴沉的海浪反复出现，似乎对贪婪的渔夫妻子形成了某种威慑和警告，与此同时，拉姆齐夫人仿佛也感受到了这种力量。在这则格林兄弟的童话故事中，渔夫的妻子被描绘成贪婪的人，当她碰巧获得权力时，她会滥用权力，这肯定会带来灾难。"我不想当国王。"渔夫说。妻子回答说："如果你不做国王，我来做国王，去比目鱼那里，因为我会成为国王。"一旦妻子试图逾越丈夫的控制，大海会变得异常灰暗，"灰蒙蒙的，海水从下面涌上来，散发着腐臭的味道"①。最后随着大海的狂怒，大自然一片混乱，仿佛世界被摧毁了。

拉姆齐夫人潜意识中产生了不满情绪和自卑感，她有意识地自我压制。海浪声和这则故事应和，剥夺了拉姆齐夫人的自尊，限制了她的精神生活和自我认知。"当她大声朗读渔夫妻子的故事时，她并不清楚这是怎么回事，因为当她翻开书页时，她停下来，听到一阵沉闷的、不祥的浪花落下时，她意识到这是怎么回事：她甚至一秒钟也不喜欢感觉自己比她丈夫好；而且，当她跟他说话的时候，不能完全肯定她所说的话的真实性，这也让她受不了。"②

"浪花落下"不仅意味着拉姆齐夫人情绪的改变，这也是一种巨大的力量，几乎压垮了她，剥夺了她作为个

---

① Virginia Woolf, To the Lighthouse, Introduction and Notes, Hermione Lee, London: Wordsworth, 2002, p.62.
② Virginia Woolf, To the Lighthouse, Introduction and Notes, Hermione Lee, London: Wordsworth, 2002, p.44.

体的完整性。她并不觉得自己比丈夫好,哪怕是一秒钟。她不知道确切的原因,或者说,她知道原因,但她不允许自己用语言表达她的不满。这个故事时而会潜入拉姆齐夫人的意识:"'渔夫和他的妻子'的故事就像低音提琴,轻轻地伴奏着一首曲子,不时意外地在旋律中响起。"故事中的"深灰色"海水让她想起了人们对她的指责:"渴望支配别人,干预别人,让人们按照她的意愿做事,这是对她的指控,她认为这是最不公平的。"①当"渔夫和他的妻子"的故事逐渐深入到她的意识中,她感到了隐隐的悲哀。拉姆齐夫人可能没有意识到她悲哀的原因是什么,但是读者读懂了:故事中对一个寻求权力的女人的惩罚,让拉姆齐夫人无法享受自己的成就,她心底没有丝毫的自豪,而是产生了一种恐惧,害怕感觉自己比丈夫好,"因为当时人们说他依赖她"。这个故事提醒她把事情"纠正过来":"人们必须知道,在他们两个人中,他是无限重要的,她给世界的东西,与他给的相比,微不足道。"②当然,人们同样认为他的贡献比她的更重要,事实上,人们认为她阻碍了拉姆齐先生的成功。

从18世纪以来,针对女性的行为指南开始大量出现,要求年轻的女性做到顺从、谦卑、无私、精致,从早上起床到晚上就寝,女性都要保持她们优雅的姿态。她们要全

---

① Virginia Woolf, To the Lighthouse, Introduction and Notes, Hermione Lee,London: Wordsworth, 2002, pp. 63-64.
② Virginia Woolf, To the Lighthouse, Introduction and Notes, Hermione Lee,London: Wordsworth, 2002, p.62.

海洋与女性主体
——伍尔夫海洋意象解读

身心地奉献,满足别人的快乐,一丝一毫都不应该以自己为中心,应该成为"屋子里的天使"。她在奉献的时候还必须悄悄的,不能引起别人对她这番努力的注意,因为"所有那些可能吸引她的注意力,使她不再留心别人而更多地留心于自己的思想,都必须当作洪水猛兽一样竭力避免"①。

"深灰色"的大海是一个警告,当拉姆齐夫人再次把她的自我怀疑与童话故事传达的信息并置时,她感受到女性的尊严受到了践踏。拉姆齐夫人甚至对扮演天使角色产生了怀疑:"为了自我满足,她是不是本能地希望帮助别人,给予别人,让人们对她说'哦,拉姆齐夫人!亲爱的拉姆齐夫人……当然是拉姆齐夫人!'并需要她,请她来,崇拜她?""她渴望自我满足、追求权力,她应该怎么做?为什么,她最好把注意力集中在渔夫和他的妻子的故事上!"②因此,伍尔夫巧妙地暗示,女性的内心审视使她进一步认识到自己对于权力的渴求,但这是当今社会不允许的,是对"屋子里的天使"的形象的极大破坏。

伍尔夫描绘了当晚就餐的情形:当拉姆齐夫人不仅对"屋子里的天使"的角色全力以赴,而且,她还想发挥其他作用时,她的朋友和家人对待她就像比目鱼对待渔夫妻子伊尔萨比尔一样,他们的反应甚至更糟——他们无情

---

① Mrs. Ellis, The Family Monitor and Domestic Guide, New York: Henry G. Laugley, 1844, p.35.
② Virginia Woolf, To the Lighthouse, Introduction and Notes, Hermione Lee, London: Wordsworth, 2002, pp.65-66.

地嘲笑她的梦想。拉姆齐夫人希望在家里之外发挥作用，改革英国的奶制品系统。她知道问题存在，并对此有强烈的感受："她描述了英国乳制品系统的罪恶，以及牛奶是在什么状态下被送到门口的。"①她陈述了事实，并准备证明自己的主张。当她冒险进入这个由事实、建议和改革组成的"男性"世界，努力成为"屋子里的天使"以外的人时，她受到孩子和丈夫的讥讽。她"被迫偃旗息鼓、卸下大炮，而她唯一的回击，是把同桌者对她的嘲笑和奚落作为一个例子，来向班克斯先生证明：如果你胆敢向英国公众的偏见进攻，你将会遭到什么下场"②。的确，拉姆齐夫人抨击了英国人的偏见，但这不仅仅是关于牛奶。这关系到女性是否有机会进行社会调查和社会改革。她的热情、努力和乐于助人似乎很可笑，她曾目睹富人和穷人的差距、就业和失业的问题，但她的观点遭到嘲笑，雄心壮志遭到否定，她被限制在家庭生活的框架内。

男性对于女性主体性的焦虑很可能早在他们尚处于婴儿期，完全依赖母亲的时候就已经产生。刚愎自用和富有攻击性——所有这些男性拥有"重大行动"的生活中所具有的品质——对于女性而言都是"洪水猛兽"，原因正在于它们"体现出非女性化的特征"，因此是不适合于一

---

① Virginia Woolf, To the Lighthouse, Introduction and Notes, Hermione Lee, London: Wordsworth, 2002, p.89.
② Virginia Woolf, To the Lighthouse, Introduction and Notes, Hermione Lee, London: Wordsworth, 2002, p.112.

海洋与女性主体
—— 伍尔夫海洋意象解读

种"静思的纯洁"的体面生活的①。拉姆齐夫人的追求只不过是镜中的一个倒影,一个梦,现在这个梦就要被唤醒了。面对大自然和战争的强大威胁,拉姆齐夫人似乎无能为力:她努力经营的和谐统一的小群体四分五裂。她为使大家团结一致而作出的一切贡献都化为了乌有。

伍尔夫在其重要的女性主义文章《妇女与职业》中强烈反对"屋子里的天使",她在文章中坚称"杀死房子里的天使是女性作家职业的一部分"②。伍尔夫指出了女性在父权社会中的从属地位。她在《一间自己的屋子》中说:"这几个世纪以来,女性一直充当着一副眼镜,具有神奇而美妙的力量,能够以两倍于自然尺寸的男性形象反映出来。"③伍尔夫继而描述了一位女性读者在男性作者的文本中所看到的自高自大的男性形象,以及永远躲在男性身后的女性:"所有这一切都令人羡慕。但是读了一两章之后,似乎有一道阴影横贯书页。它是一道笔直的暗条,它的形状就像英文大写字母'I'。人家开始左闪右晃,以便瞥见它后面的风景。在它后面究竟是一棵树,还是一个女人在行走,我难以肯定。人家总是被招呼回去欣赏这个字母'I'。于是就开始对字母'I'感到厌倦了。虽然这个字母'I'是最值得尊敬的'I',诚实而

---

① 桑德拉·吉尔伯特,苏珊·古芭著,杨莉馨译,《阁楼上的疯女人》,世纪出版集团,上海人民出版社,2015页,第37页。
② Virginia Woolf, The Complete Shorter Fiction of Virginia Woolf, Ed.Susan Dick, 2nd ed, London: Hogarth, 1989, p.286.
③ Virginia Woolf, A Room of One's Own, Ed. Susan Gubar, Orlando: Harcourt, Inc., 2005, p. 46.

符合逻辑；像核桃那么坚硬……在'I'的阴影下，一切都像烟雾一样形态模糊。那是一棵树吗？不，那是一个女人。"①男人一再强调自己的重要性，将自己置于中心地位，自豪地展现男性的权威，在父权社会下，女性一直处于边缘地位，在男性的阴影下生活。如果有哪个女性从阴影下走出来，渴望更大的作为，那就是离经叛道了。

拉姆齐夫人似乎很重要，负责整个家庭的家庭生活，甚至对客人的生活也产生了影响。然而，她事实上完全无关紧要。如果她试图做超出允许范围的事，就会被贴上"渔夫的妻子"的标签。只有在私下里，她才能认出自己的"楔形黑暗核心"，一个灵魂的空间。拉姆齐夫人将自己与灯塔的光束发出的"长而稳定的光"产生了认同，当她看到那束光时，它就成了自己的反映："……她赞美光，而且赞美自己，没有虚荣，因为她是严厉的，她在寻找，她像那光一样美丽。"②拉姆齐夫人将自己与光束联系在一起，把自己看成是光束的一部分。她望向光明，内心找到了力量。拉姆齐夫人并不害怕死亡的自然循环，也不惧怕人类所有努力的最终消亡，她所担心的恰恰是对道德崩溃的恐惧，害怕生活失去意义。拉姆齐夫人似乎从长而稳定的光束中收集能量，继续扮演"屋子里的天使"的角色，在和谐的群体中创造生活的意义，尽管她确信女性

---

① Virginia Woolf, A Room of One's Own, Ed. Susan Gubar, Orlando: Harcourt, Inc., 2005, p. 130.
② Virginia Woolf, To the Lighthouse, Introduction and Notes, Hermione Lee, London: Wordsworth, 2002, p.70.

永远无法在男性主导的社会中扮演重要角色。

  《到灯塔去》是一部具有诗意的现代主义杰作，小说中的海洋意象更为抽象，也更具主观性。海洋用来传达虚幻的个人印象，暗示个人心灵的隐秘之处，是追踪主人公短暂、琐碎和微妙内心的有力手段。对拉姆齐夫人来说，一方面，海洋象征着和谐，平缓的涛声象征着她努力建立的和谐和秩序，这也是她在短暂的生命中所创造的生命意义；另一方面，大海也是破坏性的力量，作为"渔夫和他的妻子"故事的背景音乐，深灰色的海水来势汹汹，颇具威胁性，暗示了来自父权世界对女性的统治和震慑的力量，她只能躲在男人后面，任何做"渔夫的妻子"的念头都让她感到不安，她只能在家庭生活中做"屋子里的天使"。伍尔夫利用海洋的双重形象，探索父权社会女性人物复杂的内心世界和她们的精神追求。

第三节　海洋、距离与回忆

  《到灯塔去》中的海洋是一个更加抽象的、高度象征性的意象，容纳了更多的现代主义元素。它参与角色的认知过程，推动他们对生活的最终感知。借助于海洋意象，女性角色莉莉在记忆中重新认识了拉姆齐夫人，莉莉由此找到了自己的视角。岸上的莉莉和船上的拉姆齐一家并置，相互呼应，拉姆齐夫人渴望的爱和友谊在她去世十年后终于重现。

第三章

汪洋的大海首先创造了距离，海上和海边的人形成了不同的视角。在《到灯塔去》中，主要的情节不是发生在现实世界中，而是发生在人物的头脑中。作为一部意识流小说，《到灯塔去》包含了评论家们所说的"电影化"的处理空间关系的技巧，类似于蒙太奇似的镜头的切换。莉莉伫立在海边，试图画出拉姆齐夫人和孩子在一起的画面，与此同时，拉姆齐先生和孩子们开启了十年之前的约定——他们坐船到灯塔去。莉莉完成画作的时候，拉姆齐先生和孩子们最终到达了灯塔。两组人物相互映照，镜头时远时近。当他们接近灯塔时，凯姆回望小岛，小岛"一片模糊"，岛上的莉莉也正在向灯塔的方向张望，"几乎看不见灯塔了，融化成了一片蓝色的雾霾……"①。伍尔夫认为真实的概念可能是相对的：真实与否取决于你的视角。伍尔夫将莉莉的绘画和拉姆齐一家驶向灯塔并置在一起，产生了奇妙的效果。大海为莉莉提供了一个看待拉姆齐夫人的全新角度，既融入了对拉姆齐夫人的经验主义认识，又融入了神秘、浪漫的视角，她最终完成了自己的画作，画出了此时此刻她心目中的拉姆齐夫人。

人们所感知的和他们认为真实的是由他们的视角决定的。伍尔夫描述了詹姆斯第一次近距离看到灯塔时的感知。詹姆斯认为灯塔是一座"银色的、雾气弥漫的塔，黄色的眼睛在晚上突然轻轻地睁开"。十年后，詹姆斯能够

---

① Virginia Woolf, To the Lighthouse, Introduction and Notes, Hermione Lee, London: Wordsworth, 2002, pp.224-225.

海洋与女性主体
—— 伍尔夫海洋意象解读

走近灯塔，看到它"笔直、笔直……黑白相间"①。哪一座灯塔才是真实的？是高大的、粉刷过的塔，还是他从远处看到的灯塔的轮廓？他认为两者都是灯塔。灯塔既是远处发出光束的，也是近在眼前的建筑，只是距离和视角造成了差异，詹姆斯学会把它们作为一个整体来看待。大海创造的距离为詹姆斯和凯姆提供了不同的视角，他们对现实产生了全新的看法，对父亲有了从未有过的情感。在詹姆斯小的时候，他的父亲高高在上、盛气凌人，他痛恨父亲的不近人情，童年的自己无能可笑，他把灯塔看作遥远的虚无缥缈的东西；现在，他笔直地站着，认识到自己强大的男子气概，这段儿时的记忆也被淡化了。当他们最终到达灯塔时，父子终于达成了和解。在拉姆齐夫人去世十年之后，她的梦想在混乱的世界中得以实现。

现在和过去之间的关系是人类面临的另一个重要问题。现代作家对当下持悲观态度。对大多数人来说，当下代表着不确定、不安全和变化。许多人并不认为现在是过去的延续，相反，他们认为现实是孤立的。现代人有强烈的孤独感和绝望感。拉姆齐夫人对时间的看法也很悲观。在晚宴结束，拉姆齐夫人要离开房间时，她意识到，这一刻她的创造性努力已经成为历史。即使这是一次非常成功的聚会，她也悲哀地意识到快乐的时刻不会停留。弗吉尼亚·伍尔夫对"一战"后欧洲人普遍存在的抑郁和空虚的感觉印象深刻，她哀悼逝去的岁月；然而，她坚信现在和

---
① Virginia Woolf, To the Lighthouse, Introduction and Notes, Hermione Lee, London: Wordsworth, 2002, p.202.

过去之间的联系,在小说《岁月》中她写道:"她觉得她想把现在这一刻封闭起来,让它停留,用过去、现在和未来,让它越来越充实,直到它闪闪发光,在我们的理解中变得完整、光明、深刻。"①

伍尔夫乐于回归到过去——回归到那些让人感动的、记忆深刻的"存在的瞬间"。通过重温过去的经历在当下获得满足感。对伍尔夫来说,对过去的书写可以让时间停留。《到灯塔去》中展现的回忆是人物对过去经历和情感的回归,使他们能够再次参与过去,从而改变过去的记忆。同样,过去的记忆也会丰富当下的生活。现代主义小说中过去与现在的并置引发了人物的纷纷扰扰的念头、情感和印象。

伍尔夫对时间的处理方式之一是将过去与现在结合起来,这不仅表现在她的"存在的瞬间"的概念上,而且表现在过去对当下的影响上。过去和现在之间的并置并没有传达出时间流逝的悲伤情绪,也没有表达出对"美好的旧时光"的感叹,而是引发出过去可能赋予现在的思考、感知甚至顿悟。伍尔夫对现代人遭受的失落和空虚有着深刻的理解。没有过去的支持和未来的希望,现在转瞬即逝,空虚苍白、毫无意义。伍尔夫对抗当下的策略就是回到过去,以过去的富足赋予现在的生活;反之亦然,过去也因现在丰富而闪亮。在探讨个体身份和生命意义时,伍尔夫肯定了人生的变化无常,同时又强调了生命的延续,个体

---

① Virginia Woolf, The Years, New York: Penguin, 1968, p.344.

海洋与女性主体
—— 伍尔夫海洋意象解读

的生命有来处,亦有归途。

伍尔夫认为生命不仅是时间的流动,更是时间的积累。她相信那些"存在的瞬间"会留在生活中,并将成为现在乃至未来的一部分。伍尔夫对过去的概念在某种程度上接近记忆的本质。记忆是一盏灯,不仅照亮过去,也照亮现在。因此,当下因记忆的力量而变得明亮起来。伍尔夫笔下的人物在回忆之后有了顿悟,他们的人生观得到了澄清和净化。一个典型的例子就是人们对拉姆齐先生的态度:当他们回顾过去,他们的观点发生了变化,带有偏见和仇恨的情感被部分修正了,当下的生活和情感变得丰盈起来。

伍尔夫在过去和现在之间架起了一座桥梁,过去的场景自然地浮现出来,并对当下的情感和生活产生了影响。她说:"然而,是什么构成了现在的瞬间呢?如果你青春年少,未来就像一块玻璃,平放在现在之上,使现在发抖和颤动;如果你垂垂老矣,往事则像一面厚厚的镜子,平放在现在之上,使现在摇晃和变形。"①

大海在过去和现实之间架起了一条通道,看似琐碎的事情浮到顶端,呈现出它的意义。过去和现在的积累足以启发我们把握现实。珍妮·舒尔金德认为,伍尔夫作品中的现实延伸到过去,重要的时刻因此成为永恒:"记忆在弗吉尼亚·伍尔夫的瞬间起着决定性的作用,这让人们想到了华兹华斯。华兹华斯尤其注重'平静的回忆中产生

---

① 弗吉尼亚·伍尔夫著,王义国等译,《伍尔夫随笔全集》II,北京:中国社会科学出版社,2001年,第587页。

的情感'。"①对于伍尔夫来说，一段经历只有在她记录之后才开始变得真实；只有到那时，它的重要性才得到确认。伍尔夫认为："因此，记忆本身就是对'存在的瞬间'持久性的检验，记忆中的时刻可以延伸出去，因此记忆是无价的；记忆是个人建立生命意义的手段，以此来锚定他或她的生活，并使其免受'生活偶尔的不经意的接连打击'。"②

个体通过挖掘记忆来确立当下的身份。换句话说，记忆是现在的延伸，它使现在变得安全。对拉姆齐夫人的记忆使莉莉确认了自己的身份。莉莉看着大海，开始创作起她没有完成的画作，回忆起战前的聚会和战后的情状。借助于面前大海的形象，她逐渐深入对过去的回忆中。莉莉面对着艺术创作的难题（如何将右边的部分与左边的联系起来）和个人困惑（这一切的意义是什么），她必须找到解决方案。最终，莉莉的解决之道在于平衡，明与暗、光与影的平衡："如果那里，那个角落是亮的，这里，她觉得应该暗下去……这里的光需要那里的阴影相呼应。"③对现实的认识就是对明暗、光影的清晰理解，通过考虑每一个因素并给予其应有的重视，人们对真实的情状有了认识。

---

① Virginia Woolf, Moments of Being, Ed. Jeanne Schulkind, London: Hogarth Press, 1985, p.142.
② Virginia Woolf, Moments of Being, Ed. Jeanne Schulkind, London: Hogarth Press, 1985, p.21.
③ Virginia Woolf, To the Lighthouse, Introduction and Notes, Hermione Lee, London: Wordsworth, 2002, p.52.

海洋与女性主体
—— 伍尔夫海洋意象解读

海浪和涛声将莉莉拉回过去的时光，她不断地忆起与拉姆齐夫人的往昔，更可贵的是，她站在当下的视角，回到过去的岁月。视角的变化帮助她重新认识了拉姆齐夫人，也帮助她与自己和解。莉莉孤身一人，没有任何外部身份，她似乎情绪上已经死亡，甚至拉姆齐夫人和两个孩子的逝去丝毫没有影响到她。她一直没有结婚，她对性的恐惧阻碍了对自身存在意义的探索，无法获得看待事物的角度。她的画作一直没有完成，同样是因为她找不到合适的绘画角度。当拉姆齐先生强迫她像拉姆齐夫人那样对他表示同情时，她对拉姆齐夫人感到愤怒，在内心指责她，认为她宠坏了她的丈夫，她拒绝给予拉姆齐先生任何的同情，这是莉莉第一次毫无愧疚地表达她压抑的愤怒。在某种程度上，莉莉以这种方式释放了她的真实自我。随后，为了回应拉姆齐先生的需要，她毫无保留地称赞了他的靴子，谈论鞋子一直是拉姆齐最喜欢的话题，二人都获得了精神上的愉悦，由此她感受到了拉姆齐夫人的情绪，转而认同了拉姆齐夫人。

伍尔夫没有描述拉姆齐夫人，相反，她深入莉莉的思想，读者能够在莉莉的记忆和她的新视角的帮助下，跨越十年的时间接近拉姆齐夫人，更好地理解拉姆齐夫人及其心理追求。琼·贝内特就弗吉尼亚·伍尔夫如何描写小说中人物的心理状态发表了评论：

"她觉察到一个人对周围人的各种印象，以及他自己对周围世界不断变化的意识。因此，她没有给个体身份下定义或通过特定事件概括一个人的身份，而是邀请我们生活在她的角色的头脑中或与他们接触的其他人的头脑中来发现它。"①

读者进入莉莉的头脑，靠着莉莉的记忆逐渐接近拉姆齐夫人。莉莉手里拿着画刷沉思，不知如何开始动笔摹画拉姆齐夫人，这时她大脑的另一部分进入时间隧道，回到过去，现实和过去这两个维度的意象重叠，融合了空间和时间。莉莉在记忆中与拉姆齐夫人达成了和解，这有助于她更好地认识自我。当她开始在画布上和记忆中描绘拉姆齐夫人时，所有和拉姆齐夫人有关的、无论是记忆中的还是想象中的印象，都纷纷扬扬地洒落下来，甚至一些负面的形象也在她的脑海中闪现，比如拉姆齐夫人日渐凋零的容貌，以及她为保罗和敏娜牵线，而最终他们的婚姻却不幸福。莉莉第一次将拉姆齐夫人看成一个有缺陷的人，一个优缺点并存的女人。莉莉认为"你必须和普通的日常经验处于同一水平，简单地感觉到那是一把椅子，这是一张桌子"。莉莉把拉姆齐夫人视为一个普通的女人："拉姆齐夫人……坐在椅子上，她的毛线针来回穿梭，编织着红棕色的长袜，把她的影子投射在台阶上。她坐在那里。"②

虽然莉莉对保罗和敏娜的婚姻结局感到遗憾，但十年前他们那些相爱时的场景还历历在目，当时保罗狂热的爱

---

① Joan Bennett, Virginia Woolf, Her Art as a Novelist, London: Cambridge University Press, 1945, p.31
② Virginia Woolf, To the Lighthouse, Introduction and Notes, Hermione Lee, London: Wordsworth, 2002, p.219.

海洋与女性主体
—— 伍尔夫海洋意象解读

情让莉莉陶醉:"这种爱是如此美丽,如此令人兴奋,以至于我在那里颤抖……它也是人类最愚蠢、最野蛮的激情……"①那顿晚餐变成对爱情的祝福。现在回想起来,莉莉意识到她对爱的强烈渴望被她对性的恐惧所掩盖。了解到自己的黑暗核心,莉莉建立起了一种相对完整的自我意识。她渐渐地认识到,真正的自我意识可以通过将极端的东西融合起来实现,也就是像拉姆齐夫人做的那样。

对于拉姆齐夫人的记忆帮助莉莉释放她的创造力,面对眼前的大海,她的记忆浮现出来,将感知转化为自己的视角,最终完成了绘画,她在内心与拉姆齐夫人达成了和解。在莉莉寻找生命本质的过程中,她意识到,尽管人生经历挫折和混乱,生命在那些"存在的瞬间"静止不动了,但那些瞬间就是生命的意义所在。

有趣的是,传统女性拉姆齐夫人和新女性莉莉实际上面临着同样的问题。拉姆齐夫人要解决的是如何弥合客人之间的差异,创造和谐,莉莉面临问题的另一个版本——"如何在画面的左面和右面实现平衡"。在试图为拉姆齐夫人画像的过程中,莉莉遇到了十年前困扰拉姆齐夫人的同样问题,她回忆起了拉姆齐夫人,一切仿佛都回来了。在回忆中,拉姆齐夫人似乎又复活了,这让读者们有可能接近这位可敬的夫人。莉莉和读者可以真正感受到拉姆齐夫人的完整性。莉莉了解并理解了拉姆齐夫人,同时她找到了自我。"她想,距离的作用多么巨大:我们对别

---

① Virginia Woolf, To the Lighthouse, Introduction and Notes, Hermione Lee, London: Wordsworth, 2002, p.111.

人的感觉,在很大程度上取决于距离,取决于人们离我们是近还是远,因为,当拉姆齐先生乘着帆船越来越远地穿过海湾时,她对他的感情正在起着变化。它似乎在延伸,在扩展;他似乎离她越来越远了。他和她的孩子们似乎被那蓝色的波涛、被那段距离所吞没了。"①大海将船上的莉莉和拉姆齐一家隔开,他们之间产生了距离,同时,大海又是纽带,将他们连接在一起。他们观望着彼此。不同的视角是了解现实的不可或缺的因素。莉莉眼睛紧盯着海上的小船,想象着拉姆齐夫人坐在她身旁的海滩上,回忆起拉姆齐夫人永恒的画面,意识到拉姆齐夫人心中爱的意义。莉莉看到了"爱有一千种形态。也许,有一些爱恋者,他们的天赋就在于能从各种事物中选择撷取其要素,并且把它们归纳在一起,从而赋予它们一种它们在现实生活中所没有的完整性,而不是生活中的完整性,他们把某种场景或者(现已分散消逝的)人们的邂逅相逢组合成一个紧凑结实的球体,思想在它上面徘徊,爱情在它上面嬉戏"。②

拉姆齐夫人创造了一个场景,人们在其中相遇并建立联系,她在情感上将人们联系在一起,从而赋予他们生活的完整性和秩序。莉莉试图了解拉姆齐夫人成为"屋子里的天使"之前的样子,而不是单纯把她定义为"天使",

---

① Virginia Woolf, To the Lighthouse, Introduction and Notes, Hermione Lee, London: Wordsworth, 2002, p.207.
② Virginia Woolf, To the Lighthouse, Introduction and Notes, Hermione Lee, London: Wordsworth, 2002, pp.208-209.

海洋与女性主体
—— 伍尔夫海洋意象解读

她开始提出疑问：成为拉姆齐夫人是什么感觉？这样的问题是一种爱的姿态，一种含蓄地接受女性价值观，并认可女性价值观复杂性的姿态。

伍尔夫揭示了母亲扮演天使角色的压力的神话起源，揭示了下一代女性如何抵抗这些压力，并接受和理解母亲，从而将她从这些压力中解放出来。莉莉意识到：

"一个人需要五十双眼睛来观望。她想，要从四面八方来观察那个女人，五十双眼睛还不够。……一个人最需要的是一种神秘的感觉，就像空气一样缥缈，可以从锁孔里溜出来，在她坐在那里织毛衣、谈话或独自静坐在窗前时，把她包围起来，把她的想象、她的欲望蕴蓄珍藏，就像空气容纳了那轮船的一缕浓烟一般。树篱对她意味着什么？花园对她意味着什么？波浪袭来对她意味着什么？"①

莉莉想要深入拉姆齐夫人的内心，探究她的思想、想象、欲望、那些父权社会从未关注的女性的情感，探究当她独自一人时，她内心的"楔形黑暗核心"究竟意味着什么。莉莉认为五十双眼睛不足以观察拉姆齐夫人，她尝试从新的角度来看拉姆齐夫人，这不同于传统观点，也不同于社会对女性角色的期望。

伍尔夫让母亲和女儿们自由地做自己，接受女性的本来面目，并认为生活尤其是传统女性的内心生活也是复杂而有意义的。伍尔夫和莉莉同为艺术家，她们探索女性作

---

① Virginia Woolf, To the Lighthouse, Introduction and Notes, Hermione Lee, London: Wordsworth, 2002, p.214.

为独立个体的情感和思想,而不是在父权社会下戴着面具的女性的外在模样。事实上,莉莉认识到拉姆齐夫人的内心复杂而细腻,这种女性之间天然的连接在某种程度上解放了拉姆齐夫人,她借此得以再次生活在这个世界上。

女权主义的想象力创造了一个拉姆齐夫人可以生存的世界,一个可以感受到她的力量,而不是父权制力量的地方。拉姆齐夫人又出现了。她的出现对伍尔夫和莉莉来说意义重大。在父权制的世界里,拉姆齐夫人被当作"屋子里的天使",被人们尊敬热爱,当她稍微露出一点"渔夫的妻子"的品质,她马上遭到蔑视和嘲讽。她被父权社会的女性标准绑架了。作为一个个体,她是不存在的。十年之后,拉姆齐夫人被当作是一个有价值的、有血有肉的女性被尊重,在莉莉的回忆和画作中,拉姆齐夫人得以复活,这位缺席的母亲又出现了。

伍尔夫的父母是拉姆齐先生和夫人的原型。"虽然为人慈善,承担着母性的职责,朱莉亚主要是为丈夫而活,每个人都需要她,可是他最需要她。哪怕对最英勇的妻子来说,他的性情和需求也使这事成了一种过于沉重的任务:他的健康和幸福必须得到保障;她不得不倾听并分担他在金钱、工作、名望和家庭管理方面的担忧;他需要设防和保护,从而躲避这个世界的侵扰。"[①]简而言之,伍尔夫的母亲就是拉姆齐夫人,她是屋子里的天使,为她的丈夫奉献了一切。在《到灯塔去》中,她的母亲再次出

---

① 昆汀·贝尔著,萧易译,《伍尔夫传》,南京:江苏教育出版社,2005年,第42页。

海洋与女性主体
——伍尔夫海洋意象解读

现,不再是圣人,不再是无法模仿的榜样,而是女儿可以平等地对待的人,一个有血有肉的女人。"她坐在那里"表明了女权主义领域的可能性:在那里,死者和活着的女性一起命名、创作和写作。她的强大愿景向外延伸:这些传统的女性不再是人们口中的"父权制合作者",她们是弗吉尼亚·伍尔夫和莉莉·布里斯科等新女性得到的最好的馈赠。

海洋意象使过去和现在的并置成为可能,莉莉在回忆中形成了新视角,她看到了真实的拉姆齐夫人,从而找到了处理画作的新角度。事实上,拉姆齐夫人一直都致力于将人们连接起来,建立秩序。同样,莉莉在创作时,回忆起拉姆齐夫人,也围绕着拉姆齐夫人回忆起其他人。她没有像拉姆齐夫人那样刻意创造和谐的瞬间,她感觉到了与拉姆齐夫人、与其他人、与周围世界的联系,正是在这样的连接中,她深入思考拉姆齐夫人作为一名女性的价值和生活的意义,她抛开女性为应付父权社会的需要戴上的面具,将拉姆齐夫人作为一个平凡的女性去看待,有了这样的视角,她也得以认识自己。莉莉画出了萦绕在她头脑中多年的幻景,完成了她的绘画,拉姆齐夫人的生活艺术与她的绘画艺术相结合,她的绘画最终得以完成。

当人物回到过去,那些"存在的瞬间"显示出它们的重要性,并在当下重新获得意义。伍尔夫用生动的语言描述了记忆中的"存在的瞬间",站在大海面前,莉莉回忆起曾经的一切,获得了独特的视角。她回忆起自己和查尔斯·坦斯利、拉姆齐夫人在海边散步,她又想到保罗和敏娜，尽管他们的婚姻差强人意，两个人却成了极好的朋友。她还回忆起她和班克斯先生参观汉普顿法院的愉快情景。当莉莉站在岸边，凝视着漂走的小船时，她以新的视角回顾了过去的场景，过去的记忆碎片被拼凑起来，她意识到"大海像丝绸一样伸展过海湾。距离具有非凡的力量，他们被它吞没了，她觉得，他们永远消失了，他们已经成为事物本质的一部分"①。分散在这里和那里的原本孤立且看似琐碎的场景在她的记忆中统一起来，新的视角让她认识到"爱有一千种形状"②。过去暗淡的时刻在回忆中变成了具有非凡意义的瞬间，颇具启发性。这些"存在的瞬间"照亮了她，赋予她新的视野。

过去和现在混合在一起，实现了共存；莉莉在往事中寻求秩序，她的探索给当下带来了意义。莉莉从一开始就关心她画作的构图：它必须和谐、平衡和统一。但这不仅仅是一个技术性的问题，还要求她必须对这个主题有一种理解，一种对它的情感反应，一种创造力。对莉莉来说，拉姆齐夫人似乎掌握着生命的钥匙。当莉莉终于完成了这张画作，她看到了心目中的拉姆齐夫人。她不是完美的，她是一个有血有肉的个体，从而这位天使回到现实中来，生命的真理被照亮了，人们在理解上的差距得以弥合。莉莉创造了和谐。她从自己的经历和观察中创造了意义，这

---

① Virginia Woolf, To the Lighthouse, Introduction and Notes, Hermione Lee, London: Wordsworth, 2002, p.304
② Virginia Woolf, To the Lighthouse, Introduction and Notes, Hermione Lee, London: Wordsworth, 2002, p.208.

海洋与女性主体
——伍尔夫海洋意象解读

种意义被转移到她的艺术中,使她最终得以完成画作。

在詹姆斯、凯姆与父亲一起前往灯塔的旅途中,海洋同样扮演着将过去带入现在的角色。在旅途中,凯姆和詹姆斯决定结成联盟对抗他们的父亲。但是,当他们接近灯塔时,他们意识到拉姆齐夫人多年前曾提出的希望,母亲的同情意识瞬间渗透到他们的视野中,他们不再怨恨他们的父亲。凯姆坐在船上,看着岛屿逐渐消失,对她来说,大海似乎代表着与过去的联系,而灯塔则矗立在另一个小岛上,是变化的世界中不变的秩序。

十年前,拉姆齐夫人答应小詹姆斯,他们第二天要去灯塔;拉姆齐一家十年后终于抵达灯塔。从这个层面上说,这是一次寻找生命意义的航程,或者更确切地说,是为了创造生命的意义而开启的航行。拉姆齐一家最终抵达了灯塔,拉姆齐夫人的梦想实现了。

《到灯塔去》对伍尔夫来说也是一种解脱、启迪和灵感的来源。伍尔夫借此看到了她的母亲,同时理解了母亲的价值和缺点,消除了伍尔夫自身艺术发展的内在障碍。这部小说最初的焦点是她的父亲,后来在构思和写作之间发生了变化。在手稿的第二页,她写道:"最主要的印象是R.夫人的性格。"[①]伍尔夫很快就写完了这部小说,她自己不再为母亲感到纠结。她还写道:"我想我为自己做了精神分析学家为他们的病人所做的事情。我表达了一些长期以来感受到的和深切感受到的情感。在表达的过程

---

① Virginia Woolf, The Diary of Virginia Woolf, Volumn 3, New York: HBJ Book, 1980, pp.18-19.

中，我解释了它，然后让它安息。"①伍尔夫终于杀死了"屋子里的天使",让母亲和女儿都获得了解放,她们得以做自己;女性承认自己的欲望,但仍能看到现实的本来面目;她找回了生活在神话负担之下的母亲。伍尔夫让她的母亲再次回到现实,把一个萦绕心头的天使变成了一个内在的盟友。在这部小说中,拉姆齐夫人从一个阻碍新一代女性成长的"屋子里的天使"变成了一个真正帮助下一代女性的有力量的主体。同时,拉姆齐夫人也成了一名观众,默默地见证并认可了新一代女性强大的力量。新一代女性赋予母亲们能量,母亲同样赋予下一代力量。伍尔夫让维多利亚时代的过去沿着狭窄的"岁月流逝"的走廊进入当下,通过时间走廊,传统女性与新一代女性得以交流,互相抚慰,并给予力量。

《到灯塔去》中的海洋不仅是一种客观存在,而且象征了生命短暂、自然威胁和文化衰落。更重要的是,伍尔夫巧妙地运用海洋意象,探讨过去与现在的连接、人和人之间的连接。伍尔夫暗示距离将人们分开,同时又将人们连接在一起。大海将人们带回过去,过去和当下发生重叠,这样的并置改变了对过去的印象,也丰富了当下的情感,获得了认识论的角度。因此,过去和现在是统一的整体。伍尔夫运用海洋意象,提出了关于人生的哲学概念。当罗杰·弗莱问及《到灯塔去》的象征意义时,伍尔夫回答说:"要在书的中间画一条中心线,整个小说的设计才

---

① Virginia Woolf, Moments of Being, Ed. Jeanne Schulkind, London: Hogarth Press, 1985, p.81.

海洋与女性主体
—— 伍尔夫海洋意象解读

能显现出来。"①海洋不仅仅是人们情感或印象的反映，它也是微妙心理变化和意识的媒介，并参与到个体的终极感知中。

---

① Virginia Woolf, The Diary of Virginia Woolf, Volumn 3, New York: HBJ Book, 1980, p.385.

第四章　《海浪》的海洋意象与身份构建

人类企图建立自我意识，寻找生命的意义。个体的身份可以定义为他/她在特定语境中识别自己的特定方式。身份体现了个人和群体的特征，表达特定的成员身份，将个人空间与文化形式、社会关系的集体空间结合起来。可以说，身份是一种流动状态。人们可以将身份确定为属于任何特定个人的独特特征，或特定社会群体所有成员的共同特征。此外，它是外部世界影响的结果，人是社会动物，不可能离开社会生活，每个人都会受到时代的影响。同时，一个人的身份不仅取决于他的当前状况，还取决于过去的状态或行为。

身份是关系性的，涉及个人和群体的二元性；身份

海洋与女性主体
——伍尔夫海洋意象解读

同时是在一定语境下进行的,因此对某人身份的分析必须在外部世界的框架内进行,强调外部世界如何影响内部世界;由于身份是一种流动状态,一个人的现在不能与过去分开,过去和现在的双重性也应该包含在身份的讨论中。总之,身份的讨论不应脱离个人与社会、过去与现在、外部世界与内部世界等范畴。

《海浪》被认为是伍尔夫最具实验性的小说,被誉为经典的现代主义文本。伍尔夫在小说中表达了她对人类的哲学关怀。伍尔夫充分意识到人类的困境,她将海洋内化为人们身份追求的节奏。《海浪》关注个人在人生不同阶段的体现,它充满了六个角色的声音,伯纳德、罗达、珍妮、路易斯、奈维尔和苏珊各自滔滔不绝地进行着内心独白,小说中并没有嵌入作者的评论或解释。这是一个探索个人和集体心理体验的小说,是六个人物从童年、青少年到老年的心理表达。

《海浪》是一部充满探索精神的作品,"高度程式化的有节奏的散文风格、异常密集的意象,以及每章开头的抒情性的序章,这一切使得这部小说极为独特"①。伍尔夫在《到灯塔去》中描写的是她的父母,随着小说的出版,伍尔夫放下了父母性格中挥之不去的幽灵。《奥兰多》是献给维塔·萨克维尔·韦斯特的礼物,同样以人物塑造为主。与这两者不同,《海浪》是一部非人格化的小说,伍尔夫在小说创作中进行了伟大的创新。在这部小说

---

① Ann Roncheti, The Artist, Society& Sexuality in Virginia Woolf's Novels, New York: Routledge, 2004, p.53.

中，伍尔夫关注的不是个体生活中的具体情况，而是他们对人类经验的心理反应，任何个人细节都被减少到最低限度，这些人的外表几乎没有提及，他们在同一所学校接受教育，有着相同的文化和教育背景。伍尔夫从内部构建了人的身份，通过时间顺序呈现人物在不同阶段和不同环境中、生活经验中的思想和情感。《海浪》以"存在的瞬间"为特色，展现了人物重要时刻的情感和印象。

早在弗吉尼亚·伍尔夫开始写《海浪》之前，海浪的意象和节奏就出现了。在她写作《到灯塔去》时，她就感受到了一种感觉，这种感觉构成了《海浪》的基础和基调："大概3点醒来。哦，开始时是身体上的恐惧，就像一个痛苦的波浪，在我的心脏周围膨胀，把我掀翻。我不开心！上帝啊，我真希望我死了。停一下，但我为什么会有这种感觉？让我看波浪上升。我看着。"[1]两周后，伍尔夫描述说，她觉得自己目前正在"陷入深水"。她在日记中说："但是通过写作，我什么也达不到。我想做的只是记录一种奇怪的心态。我冒险猜测这可能是另一本书背后的冲动。"[2]伍尔夫在复杂的生活中寻找真实的现实。在这部探索真理的小说中，海洋是不可或缺的元素，海浪成了她噩梦的常见场景，大海代表了生活中的逆境、挫折和人们必须面对的痛苦境遇。

---

[1] Virginia Woolf, The Diary of Virginia Woolf, Volume 3, New York: HBJ Book, 1980, p.110.
[2] Virginia Woolf, The Diary of Virginia Woolf, Volume 3, New York: HBJ Book, 1980, p.113.

海洋与女性主体
—— 伍尔夫海洋意象解读

伍尔夫认为《海浪》代表了她小说创作的新理念，这部小说表达了人类最私密、最内在的灵魂。《海浪》出版后不久，她在日记中写道："哦，是的，如果我活着的话，在50岁到60岁之间，我想我会写一些非常奇特的书。我的意思是，我想我将最终体现出我大脑的确切思考。如果《海浪》是第一本具有个人风格的书，那么为了实现这个起点，我经历了多么漫长的努力啊！"①

伍尔夫在《海浪》中探索身份问题，这对伍尔夫来说是一个非常紧迫的问题。在第一次世界大战结束之后，文明变得脆弱，人类的生命被贬值，自尊受到压制。小说中的这六个人物都有固定的用词或思维习惯，他们具体的语言细节相互区别，提醒读者他们之间的异同。奈维尔在与朋友的亲密交往中寻找自己的身份；珍妮在她的身体里寻找；伯纳德从遣词造句中建构意义；苏珊的身份与自然和农场紧密相连；路易斯的生命意义来自秩序和稳定；罗达渴望成功和荣耀。但他们都失败了。尽管他们一生都在追求生命的完整，但一些重要的生命要素却是缺席的。

这六个人物在稳定感和不安全感之间摇摆，他们不断地提出困惑和质疑。与《远航》和《到灯塔去》中的海洋意象所表达的不同，《海浪》聚焦于人们动态的身份，就像波浪的流动一样，每个角色的身份都在不断地被建构和解构，受制于生活中的二元对立的范畴。

人类在外部世界和内心世界的范畴内游走，他们必须

---

① Virginia Woolf, The Diary of Virginia Woolf, Volume 4, New York: Harvest/HBJ Book, 1983, p.53.

在传统的框架内生活，服从冷漠的自然力量和文化传统的制约，女性在寻求自由身份的同时，不得不承担父权社会所规定的女性职责。每个人不得不进入社会生活，接受社会的评判和规则，扮演社会角色，同时在个人的生活中体会自己的独特性。人们不断徘徊在这两个空间，纠结于哪一个才是真实的自我，他们一方面担心不被社会所认可，另一方面为在社会中失掉自己的个性而惴惴不安。人们游荡在这两个领域的边界上，不断地追求着自己的身份，就像海浪向前涌动，一朵朵浪花升起，又回落入大海，周而复始。

同时，个人必须与群体建立联系，他们势必受到群体的影响，因此，很难将自己与群体区分开来。每个角色都与其他角色的历史和存在有关。在这部小说中，群体空间和个人世界同时参与其中，小说中的人物与他人接触，然后又退回自己的内心世界，在两个空间之间形成一种连续运动的节奏，就像波浪的起伏一样。

现在和过去的关系是现代人面临的另一个问题，自我无法与过去隔绝，过去是现在的延伸。个人来自历史，应该在历史中被识别。因此，人类必须深入过去来定义自己的身份，就像波浪的节奏一样，它们的特性是流动的。

伍尔夫对现代人充满同情，作为一名作家，她描绘了普通人在生活的各种矛盾中无法表达的感受和看法。人类永远在寻找自己的身份，却发现自己的身份总是涌动的、不完整的，伍尔夫巧妙地借助海洋意象来表现人类对于自我身份的追求，就像海浪向前奔涌，形成一朵朵浪花，浪花跃起，然后重新回到海洋中，一朵浪花永远不能离开海洋定义自身，人们似乎无法挣脱社会、群体找到自己。那么，小说的人物提出一个问题：我到底是谁？

第一节　海浪与身份追求

人类存在是稳定的还是流动的？生活是非常稳固的，还是永远变化？1929年年初，伍尔夫在日记中写道："这两个矛盾一直困扰着我。这是永远的，将永远持续；就在我站着的这一刻，我已经坠入了世界的深渊。它也是短暂的，飞行的，透明的。我将像波涛上的一朵云一样飞过。"① 伍尔夫认为，人类的生活是持久的、稳定的，同时，也是短暂的、时刻处于变化之中的。在这样漫长又短暂的一生中，人们时而感到安全，时而感到动荡，免不了提出人生意义这个亘古不变的问题。

时间以"星期一之后是星期二"的节奏稳定地向前流动，但当死亡或毁灭不期而至时，人们感到他们被非个人的力量打败了，生命被粉碎，人们感到筋疲力尽，开始意识到生命的偶然和脆弱，个人的努力显得愚蠢可笑。然而人类充斥着生命的欲望，就像浪潮一次又一次涌起，人类永远奔腾向前，探求人生的意义和自身的价值。

在写作《海浪》期间，伍尔夫在1927年的日记中不

---

① Virginia Woolf, The Diary of Virginia Woolf, Volume 3, New York: HBJ Book, 1980, p.218.

断记录自己的精神状态。她的思想"潜入水中"（6月6日），想法如同"涓涓细流"（6月18日）。她"被投入我记忆的大湖……唯一能让她漂浮的方法就是工作"（6月23日），过了一段时间，她体验到了"突然迸发、然后消失的情感的力量"（9月20日）。几个月后，她记录下写作是一个缓慢的过程，"我想要的不是写作，而是思考两个星期、三个星期，比如说进入一个思想的潮水中，让它淹没一切"①。这段日记记录了伍尔夫艰难的写作过程，有时文思泉涌，有时缺乏激情。伍尔夫运用湖水、潮水等意象描述写作过程中的心理状态。可见，水是描绘人类心理状态的最好意象之一。

外部世界对人类的发展既是一种限制，也是一种刺激，人们被外部现实反复建构和解构。海浪有规律地涨落，一次次涌起、一次次落回大海，直观地显示了一个动态的自我建构和解构过程。波浪上升、下降、落回大海、再次上升，周而复始，循环往复。一滴海水形成、变得沉重、下落、解体、下一滴形成。这样的形成和解体具有周期性和重复性的特征。每一个波浪都以重力和存在为特征，波浪的上升伴随着它的解体，暗示着自我的建构和解构。伍尔夫在创作《海浪》时说："我从一开始就在给自己讲述这个世界的故事。我不关心个体的

---

① Virginia Woolf, The Diary of Virginia Woolf, Volume 3, New York: HBJ Book, 1980,p.137,p.129,p.156, p.235, p.253.

海洋与女性主体
—— 伍尔夫海洋意象解读

生活,而是关心人类的共同生活。"①人类身份的建构和解构具有波浪般的节奏,上升和下降的运动是人类追求个体身份的共同特征。

波浪的向前涌动是说话者当前的时间呈现;回流是他或她记忆中的时光。一个人的身份是一个悬垂的结构,在海浪的向前和向后的涌动之间转换。显然,随着六位人物年龄的增长,过去的历史在每个人的意识中都扮演着更重要的角色,这种暗流变得越来越强烈。在最后一章中,伯纳德总结了他的一生。他叙事的基本节奏是向前推进,同时向下拉动。他的生命向前,按时间顺序讲述着目前的生活;他的"暗流"由记忆和思想组成,这些记忆和思想有可能破坏伯纳德试图赋予过去的整洁叙事形式。伯纳德对自己身体的脆弱性和对疼痛的敏感性可以追溯到他童年洗澡时的情景,当时康斯特·布尔太太把海绵举过头顶,用力挤压,他感觉到"冷箭射穿了他"②。在某种程度上,过去的经历造就了他,成年后,他的大部分时间都在重新定义自我和他人之间的分歧,但最终,他发现无法断定自己的独特性。当他回顾过去,发现记忆是由想象和事实组合而成,不可否认的是,其他人也存在于他过去的历史中。他怀疑强加给自己的任何设计都是一种幻觉,他开始质疑生活的真相:

---

① Julia Briggs, Virginia Woolf: An Inner Life, London: Harcourt, 2005, p.243.
② Virginia Woolf, The Waves, Introduction and Notes, Kate Flint, London: Penguin Classics, 2000, p.18.

第四章 《海浪》的海洋意象与身份构建

"但哪个是真实的故事？我不知道。因此，我把我的话像衣服一样挂在衣橱里，等待有人穿上。这样等待，这样推测，这样写下这封信，然后再写下另一封，我不执着于生活，我将像蜜蜂一样从向日葵上被拂下来。"①

伯纳德生活在当下，不断地回忆起过去，他对个人的身份失去了信心；人类不断地被其他因素所建构和解构，似乎无法讲述真实的故事，无法将自己与他人区分开来，也无法将自己的现在与过去区分开来。奈维尔描述道："现在，熟悉的节奏开始在我心中升起，那些处于休眠状态的词现在升起了，达到它们的波峰，然后一次次地落下，又升起，又落下，又升起。"②人物的自我追求有着波浪的节奏，起起落落，在共性和个性之间重叠交错，互相作用，互相影响，无穷无尽。波浪般的节奏恰如人类的精神追求，人们的身份总是在不断变化，不断被建构和解构。

个人的身份与他所处的群体密切相关。人们不可避免地与他人联系在一起，人际关系形成了一个不断变化和不断扩大的互联网络，因此没有孤立的身份。这六个角色各自都在讲述自己的内心独白，似乎彼此割裂，但他们形成了一个非常亲密的群体，他们渴望在一起，但又害怕失去个性。他们在生命中重要的时刻互相倾诉，他们的内心

---

① Virginia Woolf, The Waves, Introduction and Notes, Kate Flint, London: Penguin Classics, 2000, p.167.
② Virginia Woolf, The Waves, Introduction and Notes, Kate Flint, London: Penguin Classics, 2000, p.61.

海洋与女性主体
—— 伍尔夫海洋意象解读

独白交织在一起，往往使用相同的词汇和短语。他们进入彼此的生活，参与彼此的身份构建。在他们之间，就像波浪的移动一样，在接受与排斥、误解与理解、同情与背叛之间，存在着一种振荡运动。当伯纳德说自己太复杂了，有些东西是漂浮的，他认识到，如果没有别人的注视和参与，很难定义他是谁。在与他人的联系中，人的可能性和局限性得以实现，每个人的身份与他人的身份混杂在一起。每个人的视觉构成了其他人视觉的基石，每个人通过参照他人发现自己。苏珊首先感受到了她的欲望的单一性，以及她眼睛的坚定。她留意到自己的眼睛与罗达的眼睛、珍妮的眼睛的区别。罗达想要隐退到黑暗中，只有在黑暗中，她的树才能生长，她将树看作她成长中的灵魂。但奈维尔却把树视为死亡的标志，在奈维尔儿时，他无意中听到厨师谈论一桩谋杀案，他想象了一棵无情的树，预示了每个人都会死亡。对伯纳德来说，树和波浪都成了生命的积极力量，波浪在他体内升起，把他举起来。然而罗达认为海浪只是一种消解的力量：

"我们现在从悬崖上出发。我们下面是鲱鱼船队的灯光。悬崖消失了。灰色的涟漪在我们脚下蔓延。我什么都不碰。我什么也没看见。我们可能会沉下去，在海浪上安顿下来。大海将在我耳边回荡。白色的花瓣会被海水染成黑色。它们会漂浮一会儿，然后下沉。波浪在我身上翻滚，将把我压垮。一切都像一场巨大的阵雨一样倾泻而下，将我溶解。"①

《海浪》中的所有角色都在努力形成一个完整的自我、一个完整的存在，而实际上，其他人也参与到每个个体的历史和存在中。伯纳德承认："我不是一个人，我是许多人；我不完全知道我是谁——珍妮、苏珊、奈维尔、罗达或路易斯：或者如何区分我的生活和他们的生活。"②严格来说，如果没有其他人的参与，绝对不可能定义一个人的身份。就像海浪一样的涌起和回落，每个人都会走出自己的空间，和其他人融合在一起，受到他们的影响，即使当他回到自己的私人生活时，他也会被他所在的群体贴上标签。就像无法区分波浪和海洋一样，也无法完全区分一个人的个性和共性。

正如海浪的滚滚向前，人类的生命在平常的日子里流动，在对自身身份的终生追求中体现着波浪般的节奏。波浪体现了个体与外部现实的联系中身份的不确定性：波浪的上升和下降象征着个体形成和崩塌的节奏，人们进入社会生活，然后又回到自己私密的空间；同时，海浪向前汹涌奔腾，向后落下，仿佛是人们不断地在当前的生活中开拓，同时回到过去，企图在现在和过去的连接中建立个体的身份。人类在波浪般的运动中寻求自己的身份，在外部世界和内心世界、现在和过去、个性和群体之间转换，波

---

① Virginia Woolf, The Waves, Introduction and Notes, Kate Flint, London: Penguin Classics, 2000, p.156.
② Virginia Woolf, The Waves, Introduction and Notes, Kate Flint, London: Penguin Classics, 2000, p.212.

浪的节奏就是人类建构和解构身份的节奏。

第二节　海洋与人类的并置

现代人面临的最令人痛苦的二元对立是外部世界和内心世界的矛盾。人类不断被外部现实影响和塑造，个体不得不在外部世界的框架内活动，一切行动都被自然力和文化规范所限制。就像《达洛卫夫人》中的大本钟一样，波浪的起伏构成了《海浪》的基调和节奏。每章的序曲将读者从人物相互交织的思想中带到外部世界，人们每天、每月、每年都受到自然变化的影响。无论人们在生活中经历了什么，他们都无法阻止时间的前进；无论他们如何努力定义自己的身份，自然力都完全无视他们的努力。

与《到灯塔去》主要关注的是人与人之间的关系不同，伍尔夫在《海浪》中强调了人与外部世界的关系，她把读者的注意力转移到我们与现实世界的关系上。伍尔夫在书中没有评论，没有对话，甚至没有描述，书中充斥了每个人的内心独白，这实际上就是《远航》中休伊特计划完成的"沉默的小说"。在几乎没有任何干扰的情况下，读者的注意力转移到了所有内在生活的本质上，人物的内心世界是无法描述的，只能通过错综复杂的意象慢慢地显示出来。在《海浪》中，伍尔夫运用内心独白和意象，向读者呈现了六个人物从童年到成年直至死亡所经历的现实。

第四章 《海浪》的海洋意象与身份构建

1930年秋天，人们每天谈论战争和政治，当时伍尔夫正在创作《海浪》，她认为内心的生活是真实的生活，是最吸引人的生活。这一点在她的所有小说中都有所反映，在《海浪》中尤为突出。伍尔夫在日记中记录了她在创作《海浪》时的感受：

"我……将轻轻地在草坪上散步（就像我头上顶着一篮鸡蛋），点一支烟，把我的写字板放在膝盖上，就像潜水员一样，我小心谨慎地潜入我昨天写的最后一句话。也许20分钟后，或者更久之后，我会看到大海深处的一道亮光，我会稳步地靠近，因为句子只是一个大概的描述，就像一张网，抛在某颗可能会消失的珍珠上；如果有人将珍珠带离海底，它就不会像我在海底看到它时那样了。这是最令人兴奋的地方。"①

大海的"深处之光"激发了她对海浪的书写，这正是她向读者呈现的生活的真相。《海浪》共包括九章，每一章都以序曲开始，将读者的思维带入一个连贯的过程。这段序曲描写了黎明和黄昏之间的时间跨度，与人们出生和死亡之间的时间跨度平行。每一天的各个阶段也象征着人物生活的各个阶段。时间在阳光的变换和波浪的运动中快速流逝，这似乎提醒我们生命是短暂的，我们的一生微不足道，任何对身份的追求似乎都毫无价值。每次阅读序曲时，读者都必须重新调整自己的视野，将注意力从人物对自身身份的热情追寻转移到自然力量上。

---

① Virginia Woolf, The Letters of Virginia Woolf, Volume 4, New York: HBJ, 1979, p.223.

海洋与女性主体
——伍尔夫海洋意象解读

波涛起起伏伏，呼应着人物从童年到死亡的身份追求过程。在这段序曲中，光线和海浪不断变化，从黎明到黄昏，从春天到冬天，呈现出不同的景致和运动的美感。第一段序曲象征了生命的开始：

"太阳尚未升起。海和天浑然一体，只有海面上微波荡漾，好像一块布在那里摇摆出层层褶皱。渐渐地，随着天际逐渐泛出白色，一道幽深的阴影出现在地平线上，分开了海和天，那块灰色的布面上显出一道道色彩浓重的条带，它们前后翻滚，在水下，相互追随，你推我拥，绵延不绝。

当它们抵达岸边时，每道波纹都高高涌起，迸碎，在海滩上撒开一层薄纱似的白色水花。波浪平息一会儿，接着就重新掀起，发出叹息似的声响，宛如沉睡的人在不自觉地呼吸。"①

黎明时分，大海和天空没有泾渭分明，地平线向后倾斜，正如书中的人物都处于婴儿期，还没有形成个性，并没有任何分别。海浪像一个沉睡者在不知不觉中吸了一口气似的叹息着，渐渐地，天空和大海开始显现出差异，大海上荡起了微波，好像一块布上出现了褶皱。当太阳升起，在光线的映射下，天和海的区别变得更加清晰，仿佛有深色的条带将天空与大海分隔开来，然后波纹划过，向前移动，"相互追随，你推我拥，绵延不绝"。小说中的人物追求个人的身份，就像波浪的起伏一样，呈现出不同

---

① 弗吉尼亚·伍尔夫著,曹元勇译,《海浪》,上海:上海译文出版社, 2012年,第1页。

的样式。然而,尽管生活轨迹不同、内心状态迥异,但他们都必然走向生命的终点,他们不断地分离、融合、追随、重聚。同时,尽管像波浪一样,人们存在于不同的视角和事件中,彼此分离,以不同的方式发展,但最终会融合在一起,回到他们记忆的深处,成为一个整体。

正如第二个序曲所暗示的那样,处于青春期的角色更能意识到他们之间的差异。随着波浪呈现出不同的外观,他们开始发展出不同的个性。有些人寻求秩序和同一性,渴望消除差异,填补差距,从而感到安全;有些人宁愿保持隐私,拒绝群体性,强调个性和差异。正如吉恩·吉格特所说:"我们很容易在《海浪》中识别出弗吉尼亚·伍尔夫最喜欢的主题:人的同一性和多样性,以及它与外部世界的事物和人的关系。"[1]海浪开始在海岸上显现出不同的形态,同样,人们在处理同一性与个性、内在真理与外部世界之间的关系时也在发展它们的差异。

这些人物不断地问"我是谁",他们急切地找寻自己的身份。伯纳德诉诸词句,通过创造词句塑造自身,但同时,他认识到完全的自我是不存在的。他说:"我并非单纯的一个人,而是复杂的许多个人。"[2]奈维尔说:"有时候我自己也不了解自己,或者说不知道该怎样去估量、命名以及清点那些使我成之为我的种种品质……

---

[1] Jean Guiguet, Virginia Woolf and Her Works, Trans. Jean Steward, New York: Harcourt, 1965, pp.286-287.
[2] 弗吉尼亚·伍尔夫著,曹元勇译,《海浪》,上海:上海译文出版社,2012年,第65页。

海洋与女性主体

——伍尔夫海洋意象解读

然而当一个人被他人记起，被他人安慰，使他的自我掺了假，被搅混乱，变成了他人的一部分，这又该是多么痛苦啊。随着他的临近，我变得不再是我自己，而成了奈维尔和某个人的混合体——和谁呢？——和伯纳德吗？是的，和伯纳德，而且我正是要向伯纳德提出这样一个问题：我是谁？"①奈维尔感到当我们与他人产生交集，我们成了被安慰、被记起的对象时，别人的影子投射到我们身上，我们不再是纯粹的自己。罗达没有面孔，她也讨厌别人的面孔；苏珊寄托于家庭生活，希望获得生命的支点，但最终感到生命的空虚；珍妮物化自己的身体，渴望别人的目光，在男性的凝视中获得存在感。正如波浪向岸边涌起，然后悄然褪去，小说的人物急切地寻找自我，不管他们意愿如何，他们不可避免地跟随群体、实现融合，然后回归自身。

序曲中波浪的意象也暗示了生命的进步，无论在什么情况下，海浪都像骏马奔腾，一往无前，同样，人类不畏艰难，勇往直前。穆迪认为："海浪表达了短暂的生命个体与人类的生命持续力之间的关系，海洋意象暗示了生命的连续性，每个个体出生、成长、最终死亡，但整个人类却是一代一代，生命不息。"②海浪不断地涌动，最后又落回大海；同样，尽管每个人都在以不同的方式发展自己，但每个人都注定要离开，而人类的生活将继续下去，

---

① 弗吉尼亚·伍尔夫著，曹元勇译，《海浪》，上海：上海译文出版社，2012年，第71-72页。
② A.D. Moody, Writers and Critics, London: Oliver & Boyd, 1963, p. 48.

绵延不绝。

人类通过语言来定义自身，语言创造了另一个世界，而不是序曲中描述的自然世界。人们通过描述自身，不断塑造自己的身份，但序曲中海洋、太阳和鸟类的沉默带给人们无尽的虚无感。尽管这六个人物滔滔不绝地讲述着自身，试图打破沉默、定义自己，但在大自然面前，他们发现了自身的虚弱和不完整。

波浪在一天中运动变化，这与人物从童年到死亡的心理追求相呼应。人们充满激情、热切地企图定义自己，但波浪的起伏是克制的、冷漠的，自然界完全无视人们在精神追求上的各种努力。大自然的冷漠反映了伍尔夫的人生哲学。伍尔夫指出："从这一点上，我产生了一种哲学思想，不管怎样，这是我一直以来的想法：在棉毛后面隐藏着一个图案。我的意思是所有人都和这个图案相关，整个世界就是一幅艺术品，我们是这个艺术品的一部分。"①

伍尔夫相信每个人都是自然和人类历史的一部分。她在序曲中描述了大自然，大海、小鸟、阳光随着时间的流逝而变化。同样，人类经历了从婴儿期到老年直至死亡的循环。太阳出现，逐渐升高、落下，海浪起起伏伏，似乎对我们的精神追求漠不关心，我们无法控制自然，也无法选择我们生活的"图案"。

《海浪》每一章序曲都描绘了一幅大自然生命不息、循环往复的场景，同样，人类的精神追求虽各具形态，但

---

① Virginia Woolf, Moments of Being, Ed. Jeanne Schulkind, London: Hogarth Press, 1985, p.73.

海洋与女性主体
——伍尔夫海洋意象解读

同样坚韧持久。序曲中的自然力量对人类追求的任何努力都完全视而不见,由此可见,人是自然的一部分,无论人们多么努力,都永远无法确定自己的独特性,不能把自己与外部世界、群体生活等隔离开来,也永远无法摆脱生死模式。人类必须遵循自然规律,只有与自然融为一体,摆脱人类中心主义的傲慢想法,人类才能从大自然中获得安慰和力量。

波西瓦尔是每个人的偶像,象征着当时的大英帝国。他是完美的、完整的人,是这六个人物的中心,是这个群体的秩序和灵魂。罗达说:"一种安宁感悄悄地涌上了我的心头。一道金光射进了我们的血液。"①伯纳德也声称:"他真是一个英雄人物……我们这些原来像一帮恶狗似的彼此猖猖乱咬的人,现在都显出了一幅像士兵在长官面前那样规矩沉着的神气。"②《海浪》中充满了六个人的内心独白,但是读者并没有听到波西瓦尔的声音。他反反复复地出现在每个人的独白中,是神一样的存在。只要他一出现,一切的烦闷都消失了,一切障碍都扫除了,笼罩着的纷乱气氛结束了。他恢复了正常秩序。

波西瓦尔的死亡象征着大英帝国的衰落。伯纳德发现:"一个人很容易就能恢复对各种人物的信任,但却不大容易很快就恢复对他头上所戴东西的信任。我们英国以

---

① 弗吉尼亚·伍尔夫著,曹元勇译,《海浪》,上海:上海译文出版社,2012年,第104页。
② 弗吉尼亚·伍尔夫著,曹元勇译,《海浪》,上海:上海译文出版社,2012年,第93页。

往的历史——一英寸长的光辉而已。那时候人们往自己头上戴个茶壶，就宣称：'我是国王。'"奈维尔也认为大英帝国的存在是荒谬可笑的："现在，与那只狗对照起来，三百年的时间似乎比转瞬即逝的一刹那也长不了多少。"①帝国过去的光辉和权威不过是人们头脑里想出来的恶作剧。这种荒谬感通过波西瓦尔荒谬的死亡方式体现出来。他远赴印度，怀着远大的抱负，期待建功立业，但是他从马上一头栽了下来，死掉了。"一战"之后，大英帝国损失惨重，战后英国社会中普遍蔓延着悲观情绪。波西瓦尔的死对朋友们是一个巨大的打击，他们认为失去了生活的重心。波西瓦尔是群体的中心，是群体的共性的基础，也是其他人物的个体身份得以确立的保障。每个人的言说都是对他人言说的重复或注解，但是他们之间没有建立起真正的对话，他们滔滔不绝的自我言说显示了他们的孤独、异化和空虚，也是英国"一战"之后群体性精神困境和迷惘的写照。

小说中的六位人物没有姓氏，不是有血有肉的人物，只是代表了人们抽象的意识。人们无法构建自己完整的身份，企图通过社会和帝国的宏大愿景获得价值和力量，但是坍塌的帝国不能给他们带来身份认同，反而进一步加剧了他们的精神困境。

伍尔夫将《海浪》中的序曲与正文并置，表明自然界的变化是客观发生的，序曲中的波浪表现了自然的力

---

① 弗吉尼亚·伍尔夫著，曹元勇译，《海浪》，上海：上海译文出版社，2012年，第205页。

量,这里呈现了一个没有人类的世界,是一个完全陌生的地方。波浪起伏、叹息、咆哮,远离人类的活动。自然世界似乎对人类意识完全漠不关心,自然界循环往复,从黎明到黄昏,从春天到冬天,对人类活动的变化和复杂性一无所知。当伍尔夫意识到大英帝国的衰落,她把目光投入到大自然中,把大自然放在与人类平等的位置上,提出了一个设想:如果人类把自然放在平等的位置,从喋喋不休的自我关注中解脱出来,从人类中心主义的枷锁中解放出来,转而关注自然、敬畏自然,人类是否能够从大自然的光线中、从起起伏伏的海浪中获得力量和慰藉呢?

第三节 海洋、群体与女性个体

伍尔夫运用海浪这一意象表达了对群体力量的幻想,波浪和大海的关系就像是个体和群体,波浪涌起、浪花四溅,就像个体从群体中脱离,发展和展示个性;浪花回到海洋中去,恰如个体回到群体,拥有了群体的共同特征,并获得安全感。海浪的运动绵延连续,个体和群体的关系也永远在分分合合,变化发展。正如维尼弗雷德·霍特利指出的那样,海洋在《海浪》中的作用与伍尔夫早期小说中呈现的有所不同:

"蕾切尔驶往南美殖民地,蒂姆和雅各驶往康沃尔,凯姆、詹姆斯和拉姆齐先生驶往灯塔,《海浪》中的大海不仅仅是地理方面的意义。这里的大海象征着时间,它已构成了伍尔夫太太构思精妙的散文小说的起起伏伏；它进入了男人和女人的心中，直到这些人物被抛到了不平静的大海之上，被潮水裹挟着，迎接死亡的最后挑战。这部小说从头到尾都浸透在大海中。"①

这六个角色反复分离、回归，在个人和群体领域之间摇摆、徘徊。就像海浪一样，他们渴望定义自我，在群体中处于矛盾的状态。伯纳德迫切地想与其他人交往，以确定自己的身份；而罗达、路易斯和奈维尔则在与他人的互动中产生了自我解体的恐惧。

伍尔夫关注的是自我与群体的关系，这一点在她写作《海浪》期间的书信和日记中得到了清晰的体现。赫敏·李在《弗吉尼亚·伍尔夫》中写道："伦敦的社交生活和乡村的宁静生活在她40多岁时的对比达到了最极端。" 李指出，伍尔夫对于"她（如何）'融入'群体，如何'驾驭'群体而不被群体淹没"感到很困惑②。伍尔夫曾经从二元对立的角度看待人和群体的关系，在《海浪》中，她有意地模糊自我与他人、个人与群体的界限。

与伯纳德一样，伍尔夫渴望群体，但与此同时，她担心群体会削弱自我的力量，直至消解自我。伯纳德意识到"要自我实现（我注意到了这一点），我需要其他人目光的启发，我常常弄不清楚我自己究竟是个怎样的人"③。

---

① Winifred Hotley, Virginia Woolf, London: Hogarth Press, 1932, p.195.
② Hermione Lee, Virginia Woolf, New York: Knopf, 1999, p.554.
③ 弗吉尼亚·伍尔夫著，曹元勇译，《海浪》，上海：上海译文出版社，2012年，第101页。

海洋与女性主体
—— 伍尔夫海洋意象解读

他认为人与人之间的联系是牢固而持久的，他在与他人思想或声音的互动中寻求自我，他通过观察他人来确定自己的身份。伯纳德发现自己的本性具有广泛的易变性，他的本性会随着交往的人的不同而变化。与此相反，罗达、路易斯和奈维尔表达了他们对私人空间的偏爱。罗达担心在群体空间失去自我，她认为自己是没有面孔的，与他人为伍是对她身份完整性的威胁，这种恐惧具有明显的个人特征。奈维尔在群体中感到不适，但同时也产生了与他人连接的需求。而对路易斯来说，群体总是和暴力如影随形，与社会不公和暴力的记忆有关。

这六个人物实际上暗示了伍尔夫意识的每个方面：伯纳德代表了她的集体欲望，罗达和奈维尔体现了个人对群体的恐惧，路易斯则表达了她对群体不可避免地被暴力所玷污而产生的恐惧心理。伍尔夫认识到参与群体的两面性：她渴望成为群体中的一分子；然而，她不能容忍以群体名义犯下的罪恶，尤其恐惧个性的解体和政治群体的形成。《海浪》的起起落落不仅代表了人物的身份寻求过程，更重要的是，它反映了伍尔夫一直在追求个人的完整性和自主性，为了实现共性和个性的平衡，她作出了深入思考和探索。

这六个角色一直都在寻找生命的本质，不断地问自己"我是谁"。小说的叙事似乎从一种意识流向另一种意识，并没有出现"拉姆齐夫人"式的人物来统一人们不同的认知。他们有相似之处，又存在着很大差异。伯纳德和奈维尔是睿智的，但伯纳德不够整洁，而奈维尔喜欢整洁有序；苏珊和珍妮最像动物，苏珊喜欢和孩子住在自己的土地上，珍妮则把时间浪费在性爱上；罗达和路易斯更具精神气质，罗达对生命短暂和分离感到痛苦，害怕参与群体，而路易斯则认为自己是历史连续体的一部分，已经生活了数千年，渴望在群体中获得安全感。

在这六个角色中，三个女性角色罗达、苏珊和珍妮以女性独特的方式寻求自己的身份，在探索自我的过程中，她们面临着与伍尔夫时代大多数女性相同的有限选项，苏珊选择做"屋子里的天使"，承担起母亲和妻子的角色，亲近土地，和家人在一起；而珍妮服从于父权社会将女性物化的观点，依靠身体取悦男性；罗达无法获得任何认同，最终自杀身亡。

对于三位女性来说，海洋代表了来自父权社会的压倒一切的力量，她们感到无所适从。当罗达躺到床上，她感到了沉沦、渴望逃离。在半梦半醒之间，她喊道："哦，从梦中醒来吧！瞧，这里有衣柜。让我从这些波涛中间拉回我自己吧。然而它们向我压了过来；它们将我卷在它们巨大的浪峰之间；我被弄得头上脚下，我被翻转了；我四脚朝天，躺倒在这些长长的光影里，这些长长的浪波里，这些没有尽头的道路上，同时有人在后面追逐，追逐。"[①]在现实世界的压力面前，罗达意识到她无法像苏珊和珍妮那样，符合父权社会对年轻女性的期待，象征外部力量的大海要征服她、击倒她。苏珊说："在家乡，

---

① 弗吉尼亚·伍尔夫著,曹元勇译，《海浪》，上海：上海译文出版社，2012年，第20页。

海洋与女性主体

—— 伍尔夫海洋意象解读

海浪绵延达一英里。在冬天的夜晚我们听得见海浪的轰隆声。去年圣诞节,有个独自坐在自己马车里的人被海浪淹没了。"①在苏珊看来,这是一个充满敌意的世界,大海暗示了来自现实世界的具有威胁性的力量,人们在它面前无能为力。她依靠坚实的土地和温暖的家庭生活获得安全感。珍妮同样把具有毁灭性的力量比作大海:"现在潮水平息了。现在这些树又来到了地面,激荡我的胸膛的蓬勃浪涛摇荡得越来越轻柔了,我的心也入港抛锚,就像一只帆船的风帆徐徐地降落在白色甲板上。球赛结束了。我们现在得去喝茶了。"②珍妮把内心激烈的情绪比喻成大海,等一切风平浪静,她感受到了安宁。

  罗达的内心世界与外部世界产生了极大冲突,她勇敢地拒绝了社会规定的女性的职责,只能退缩到自己的私人空间中,创造虚幻的内心世界。父权社会无法满足她的精神需求,女性无法获得与男性相当的地位和位置,于是她运用自己丰富的想象力,创造了一个理想的世界,将自己想象成船长:

  "现在我要沿着边儿摇晃这个棕色的洗脸盆,以便我的舰队可以破浪前进。有的船会沉没,有的船会撞碎在悬崖峭壁上。只剩一条船独自航行。那就是我的船。它驶入冰窟,那里有海熊在咆哮,钟乳石悬着碧绿的链条。海浪

---

① 弗吉尼亚·伍尔夫著,曹元勇译,《海浪》,上海:上海译文出版社,2012年,第35页。
② 弗吉尼亚·伍尔夫著,曹元勇译,《海浪》,上海:上海译文出版社,2012年,第37页。

掀起来，浪峰弯下去，观看桅杆上的灯火。船只溃散，船只沉没，只剩下我的船跃上浪峰，乘着飓风，飘到海岛，在岛上鹦鹉喋喋不休，而爬行的动物……"①

罗达的自我在她的幻想中得以实现，她创造了一个属于自己的世界，在这个世界中，她拥有绝对的权力，当她让白色的花瓣漂浮在盆里时，她把花瓣称为舰队，称自己为"船长"。在现实世界中，船长的角色只限于男性。她的抱负和野心只能在幻想中实现。她知道，有些船会失事，有些船会冲向悬崖，尽管她自己认为她的舰队会乘风破浪、登上海岛，但实际上船队的命运不得而知，读者不能指望这是一次完美的航行，小说中死亡的预兆比比皆是。

从罗达的幻想中，读者很容易联想到波西瓦尔的形象。波西瓦尔是神一样的存在，是受到所有人爱戴和仰慕的偶像，而罗达脆弱敏感。然而，两者之间存在着相似之处——他们都有着强烈的抱负，渴望获得荣耀和成功。波西瓦尔的权威得到了所有朋友的认可，而父权社会无法容纳罗达的野心和抱负，她不得不退回到自己的私人生活中，在幻想中获得力量，获得某种可怜的满足感。

父权社会与罗达寻求的身份之间有着无法调和的矛盾，在父权制背景下，罗达的身份永远是残缺的。这种身份的圆满只能在她的幻想中实现，小说中反复出现的圆圈暗示着完成和圆满。罗达热爱音乐，因为音乐有着闭环的

---

① 弗吉尼亚·伍尔夫著，曹元勇译，《海浪》，上海：上海译文出版社，2012年，第11~12页。

海洋与女性主体
—— 伍尔夫海洋意象解读

形式,就像一个圆圈。音乐的闭环给罗达带来了慰藉,她感受到了内心的释然,但这只是罗达在内心世界给自己创造的细微的安慰,她的抱负无法实现,她的身份只能在想象中建立。罗达认为父权社会充满了仇恨、嫉妒和冷漠,重要的社会职责无一例外地由男性承担,荣耀属于男性,女性在重要的社会角色中处于缺席的状态。罗达只能把自己置身于这个世界之外,她害怕公共生活,希望在孤立的个人生活中以某种方式获得救赎。然而,就像海浪回归大海一样,她必须融入群体以建立一种存在感,如果她无法回归群体,也就无法找到自己的位置和价值,她就像是岸边的泡沫,慢慢丧失生命力。

正是在群体活动中,人们可以更接近于对生命的感知和身份的实现,但在身份建构的过程中,就像波浪的起伏,上升到顶峰,然后回落到大海,我们很难分清共性和个性。罗达害怕丧失自己的个性,她比其他人更加警觉和敏感,对个人和群体的二元性有着矛盾的认识,对群体与个性的交织表现出复杂的感觉。就像《达洛卫夫人》中的塞普蒂默斯·沃伦·史密斯一样,她发现与群体的任何接触都是一种痛苦、一种折磨,与他人的交流扰乱了她的沉思。伯纳德注意到罗达对自我的执着,认为她害怕与朋友们的相聚。孤独、沙漠和遥远的森林总是在罗达的梦中出现。在这种孤寂生活中,她并没有获得幸福。她躲开众人,专注于自我的精神生活,即使对路易斯的爱情也被她看作是对自我精神完整性的损害。

罗达试图远离公共生活,在个人生活中发现自我。从

第四章　《海浪》的海洋意象与身份构建

童年开始，罗达就与其他人保持着距离。路易斯发现"在上面，瞧，伯纳德、奈维尔、珍妮和苏珊（但是没有罗达）老是用他们的捕虫网在花坛上面挥来挥去"[①]。罗达被放在括号里，她不在人群中，读者不知道罗达在哪里。除了罗达外，孩子们之间有互动：伯纳德追赶着苏珊，他们单独在一起时，他们也会互相凝视；路易斯观察其他人；珍妮观察路易斯；苏珊观察珍妮和路易斯；伯纳德观察苏珊；但罗达却与群体隔绝。当罗达在水盆里摆弄花瓣、扮演船长的角色时，她才进入了读者的视野。罗达自始至终都与其他人保持着距离。她总是落在后面，经常回头看或目光越过其他人。她主动离群索居，开拓一个不同于他人的心理空间，在这种情况下，她重新思考，寻找真实的自我。罗达是一个局外人，一个没有目标的人。罗达害怕和她儿时的朋友见面：她与路易斯关系密切，但她害怕拥抱。伯纳德知道她总是对别人"偷偷摸摸"。然而，随着时间的推移，她对人类社会化的恐惧发生了变化。在小说的前半部分，她故意避免与人进行眼神交流。在小说的后半部分，她对聚会上的人的态度略有改变，她不会再躲起来，而是径直走向她的朋友们。虽然罗达尽力避免社交，但她知道这是必须做的事情，她表达了她与群体保持联系的焦虑感：

"我没法走过去，我不知所措。我真是不中用，我这么说，然后就倒了下去。我就像一根被狂风舞荡的羽毛，

[①] 弗吉尼亚·伍尔夫著，曹元勇译，《海浪》，上海：上海译文出版社，2012年，第5页。

海洋与女性主体
——伍尔夫海洋意象解读

我被吹送进了坑道。之后,非常小心谨慎地,我迈步跨了过去。我一只手扶在砖墙上面。我提心吊胆地跨过那个灰色的、死气沉沉的大泥坑,十分艰难地返回我的房间。这就是我那时注定要过的生活。"①

"水坑"的意象表达了罗达的紧张不安,她缺乏面对生活中困难的勇气,并且她认为这就是她注定要过的生活。在错综复杂的社会生活面前,罗达是懦弱而局促的。水坑意象体现了罗达的自我怀疑和社会焦虑,她的信心反复受挫,作为一个年轻女性她在公共生活中感到紧张不安。

实际上,个人的身份不能在不参照他人的情况下确定。也就是说,个人的身份需要群体的参与。路易斯解释了罗达对与群体的个人关系的复杂感受:"……她害怕我们。她鄙视我们。然而,她还是畏畏葸葸地朝我们走了过来,因为无论我们多么残酷无情,总还有那么几个名字,总还有几张面孔,这几张面孔会含着喜悦的神色相迎,会照亮她的道路,使她继续充满美好的梦想。"②罗达害怕人们,但同时也渴望在集体中找到她的存在。罗达对第二次聚会印象深刻,伯纳德认为他们是一个整体,每个人都与其他人的过去和现在有关,我们的生命总是"我中有你""你中有我"的样态。

---

① 弗吉尼亚·伍尔夫著,曹元勇译,《海浪》,上海:上海译文出版社,2012年,第54页。
② 弗吉尼亚·伍尔夫著,曹元勇译,《海浪》,上海:上海译文出版社,2012年,第105页。

《海浪》的海洋意象与身份构建
第四章

波浪的起伏也表明了现在与过去的交织。就像波涛的回流一样,罗达试图回到过去,但她的记忆无法丰富当下的生活。这位"没有面孔"的女人只是活在当下,在她的眼中看不到过去或未来。就像《达洛卫夫人》中的塞普蒂默斯·沃伦·史密斯失去了回忆的能力一样,罗达被带入了永恒的可怕存在——时间没有起点,也没有终点,但永恒的感觉让她窒息:"她不知道该怎样从这个时刻走向下一个时刻,从这个钟头走向下一个钟头,任凭某种自然的力量去解决它们,直到它们变成一个整体,一个不可分割的总体,也就是你们所谓的生活。"①她被风卷入各种各样的洞穴中,并且像一片纸屑一样翻飞在没有尽头的长廊里。她希望触摸到一些具体而有形的东西。在她的童年时代,她享受着自己的个人空间。然而,为了摆脱永恒的恐惧,她必须牢牢抓住自己的生活。但是没有过去的积累,当下便空无一物。没有过去可以回忆,罗达看不到生存的意义。

伍尔夫将《远航》中的蕾切尔描述为一名安静的内敛的女性,她沉溺于自己的世界中,对周围的世界有着强烈的恐惧,她的过去一片苍白。蕾切尔未能与外部现实、群体和过去建立联系,她身份的建构永远不会是坚实的。《海浪》中的罗达也是如此。罗达意识到她无法确定自己的身份,她接触那些实实在在的东西,努力追求具体的东西,以便找到生命的可能意义和安全感。她一再强迫自己

---

① 弗吉尼亚·伍尔夫著,曹元勇译,《海浪》,上海:上海译文出版社,2012年,第114页。

海洋与女性主体
—— 伍尔夫海洋意象解读

去触摸，以获得力量。她说："除非我能伸出手，触摸到某种坚实的东西，否则我肯定会沿着永恒的通道被永久地刮走。那么我能摸到什么东西呢？是什么样的砖块，什么样的石头？从而帮助我跨过这道鸿沟，安然回到我的体内呢？"①对于"坚实"的物体的渴望凸显了罗达的空虚，但是，即使坚实的物体给她带来了安全感，如果被孤立在自己的精神世界中，罗达也永远无法找到一个完整的身份。如果没有外部世界的认可，她的身份就是无本之木。

在对身份的追求中，罗达从外部世界中逃离，在自己的世界中用各种想象建构自己的身份。她对群体与个体之间的关系持二元对立的观点，认为群体生活是个体身份的消解。而且，对于罗达来说，时间是静止的，是永恒的。她无法与过去建立联系；她在未来也找不到任何意义。由于她与外部现实、群体和过去都没有建立足够的连接，她找不到存在感，她对身份的建构只能在想象中实现，她的身份注定是残缺的。

与罗达不同的是，苏珊扮演父权社会中女性的角色，在外部世界和内部世界之间建立联系，她在家庭生活中确立自己的身份。她亲近土地，乐于担任妻子和母亲的角色。她总是带着充满激情的爱和恨向前走。苏珊体现了维多利亚时代女性应有的"母性本能"。她通过感官生活，就像在大自然一样。在童年时期，她对任何与自然、土壤无关的事物会产生莫名的憎恨：例如学校和城市生活的气

---

① 弗吉尼亚·伍尔夫著,曹元勇译,《海浪》,上海:上海译文出版社,2012年,第140页。

味与规则。她发誓她的孩子永远不会在伦敦上学,她自己也不会在那里过夜。同时,她对自然界的事物——鸽子、松鼠、塞特犬和她的孩子有着强烈的爱。苏珊根据父权社会强加给女性的社会角色确立了她的自主权。

苏珊在家庭生活中塑造了自己的身份,占有的观念是苏珊性格的核心:占有意味着拥有对她周围事物的权威。苏珊深深植根于乡村和乡村生活,乐于创造一个她拥有主导权的小世界。她对感官体验有着强烈的认同感,以至于她可以相信自己就是她所经历的一切:"此时此刻,在这个大清早,我感到我就是这田野,我就是这谷仓,我就是这一棵棵树;这一群一群的鸟儿是我的,还有这只小野兔,在我差点一脚踩在他身上的一刹那跳开的这只小野兔,也是我的。"① 苏珊把自己定位为妻子、母亲。她是"屋子里的天使",严格遵守维多利亚社会中的女性规范。

苏珊努力追求自己的家庭价值,就像波浪的运动一样,她也在不断地向前推进,想要拥有更多,然而,矛盾的是,她拥有得越多,她在家庭角色中就越受限制。就像海浪回归大海一样,却发现了自己的孤独和不完整,苏珊意识到她想要的远不是一个妻子和母亲的角色。除了社会身份之外,一个人,无论是男性还是女性,都应该有他或她的个人身份。波伏娃指出:"认为女人通过母性会变成男人的对等物,是一种欺骗。精神分析学家已经殚精竭

---

① 弗吉尼亚·伍尔夫著,曹元勇译,《海浪》,上海:上海译文出版社,2012年,第84页。

海洋与女性主体
—— 伍尔夫海洋意象解读

虑,证明孩子给女人带来阴茎的对等物:但不管这种属性多么诱人,却没有人认为,仅仅占有阴茎就可以证明生存的必要性,也没有人认为占有是生存的最高目的。"①苏珊放弃了自己的自由,误认为占有了孩子们和家庭生活就会带来满足,但是她对未来和世界都没有任何的控制力,苏珊是家庭主妇、妻子、独一无二却又面目模糊的母亲,在这种自我虚化的状态中,她是满足的,可是当她和她的朋友们进行比较,她认识到有许多愿望和要求潜伏在她的身上,均不能获得满足。苏珊迷失在自己扮演的角色中,作为一名封闭在家的女性,她不能建立自己的生存感,没有办法在特殊性中确定自身。

珍妮认同父权社会的价值观,认为女性的身体具有使用价值,女性的身体就是女性的价值。珍妮甚至觉得自己的身体和思想没有什么不同:"我现在看到我的身体和头部连成了一个整体,因为即使穿着这件哔叽呢外衣,它们也是一个整体,我的身体和我的头部。"②珍妮把自己的身体等同于自我,把自身的价值只是建立在身体之上,忽视了她的心灵和头脑。然而,她的身体实际上与她的思想没有联系,她承认自己"不做梦"。她完全"活"在自己的身体里,她没有想象,没有记忆,没有未来。珍妮渴望"每周都是连续的",希望充分发挥身体价值。晚上,当

---

① 西蒙娜·德·波伏娃著,郑克鲁译,《第二性》II,上海:上海译文出版社,2011年,第367页。
② 弗吉尼亚·伍尔夫著,曹元勇译,《海浪》,上海:上海译文出版社,2012年,第33页。

她感到孤独时，她无法感觉到自己的身体或自己的生活，她把房间里的灯光点亮，穿一件闪闪发光的白色连衣裙，把夜晚变成白天。珍妮物化自己的身体，与男性主导的外部世界达成了妥协。

衰老是对年轻身体的解构，珍妮脸上的皱纹增多，走路时缺乏弹性，更可怕的是，衰老是对自我本体的解构，是个人身份的逐步丧失。珍妮用自己的身体塑造自己的身份，但年龄正在破坏她所谓的价值。她充分意识到她会变老，她的脸和身体会垮下来，无法像从前一样吸引年轻男性，他们再不会对她的手势做出反应。随着年龄的增长，她的生命也在萎缩："但是，瞧——我的身影正照在那面镜子里多么孤单，多么憔悴，多么衰老啊！我已经不再年轻。我已经不再属于这个行列。……我还在活动。我还活着。可是现在我若打个信号，谁还会来呢？"①珍妮更清楚地意识到时间的流逝和生命的变迁，她把自身看成男人的肉欲对象，看到自己变老变丑，她感受到自身的贬值，深感痛苦。

珍妮用自己的身体构建自己的身份，但身体一直被流逝的时间解构。为了对抗容颜的衰老，她"要在脸上扑扑粉，往嘴唇上抹抹口红。我要把双眉描得比平时更加弯曲。我要做一个果断的手势，找一辆出租车，司机将会以一种难以名状的敏捷姿态表示他领会了我的手势。因为我

---

① 弗吉尼亚·伍尔夫著，曹元勇译，《海浪》，上海：上海译文出版社，2012年，第173页。

海洋与女性主体
——伍尔夫海洋意象解读

依然能够激起别人的渴望"①。与罗达和苏珊不同,珍妮似乎能够毫不费力地适应群体;她随意"打开"或"关闭"自己的身体,接受或拒绝他人进入她的世界。在聚会上人们跳着舞,就像是一片海洋,珍妮如鱼得水,很快和同伴汇入舞池,与人群共舞。"现在,如同一只帽贝挣脱了岩壁,我身子轻轻一拧,离开原地;我和他一起陷了下去;我被卷走了。我们汇入了这股徐缓的潮流。我们在这缠绵的音乐中进进出出。"②她在群体中轻易地建立了自己的身份,她的美貌就是她的价值,成为她的身份标签。

珍妮对身体的感觉延伸到其他人身上,使他们也意识到自己的身体。珍妮走进餐厅参加波西瓦尔的告别晚宴,在她的注视下,男人们拉直了领带,苏珊把手藏在桌布下面。珍妮说:"我的身体是我的前导,就像在一盏灯光的照耀下穿行于一条漆黑的小巷,一样一样的东西都被灯光照耀着走出黑暗进入光圈。我使得你眼花缭乱;我使得你相信这就是一切。"③珍妮提醒人们身体的存在,否则他们可能已经忘记自己的身体了。伯纳德在最后一章中总结道:"那是一棵树;河就在那边;此时是下午;我们正在这里;我穿着我的哔叽呢套装;她全身绿装。既没有过去,也没有未来;只有时间光环中的此一瞬间,和我

---

① 弗吉尼亚·伍尔夫著,曹元勇译,《海浪》,上海:上海译文出版社,2012年,第175页。
② 弗吉尼亚·伍尔夫著,曹元勇译,《海浪》,上海:上海译文出版社,2012年,第89页。
③ 弗吉尼亚·伍尔夫著,曹元勇译,《海浪》,上海:上海译文出版社,2012年,第113页。

们的躯体；还有那必然发生的高潮，和那心醉神迷的状态。"①珍妮的生活从一开始就是一次身体的冒险，她对自己的身体和其他人的身体都感到自在，她相信身体的交流。珍妮声称她过着自己的生活，似乎她不需要任何群体的标签来界定她；然而，如果与人群隔离，珍妮就无法确立自己的身份。波伏娃在《第二性》中尖锐地指出珍妮的附属身份："女人在首饰、边饰、闪光片、花朵、羽毛、假发的打扮下，变成了有血有肉的玩偶，甚至连这肉体也在展示，就像花朵无偿地盛开一样，女人袒露她的肩膀、背部、胸脯。除非在狂欢时，男人不应该表明他在觊觎她；他只有权注视和跳舞时拥抱她，但是他可以迷醉于成为一个充满奇珍异宝的世界的国王。盛会在这里干脆具有交换礼物的节日的面貌，每个人都把作为自己财产的身体，当作礼物展示给其他所有人看。女人穿着晚会裙服，打扮成使一切男性愉悦和使她的所有者骄傲的女人。"②在父权主义的社会中，珍妮把身体当作礼物，换取男性的愉悦和认可，而她自己，也迷失在父权的价值观里，物化自己的身体，把自己的生命意义荒唐地建立在男性对她的身体的接纳中。

珍妮的头脑空空，她没法理解从古到今的任何思想，她忽略了人类的历史，也忽视了自己的历史，她的现

---

① 弗吉尼亚·伍尔夫著，曹元勇译，《海浪》，上海：上海译文出版社，2012年，第228页。
② 西蒙娜·德·波伏娃著，郑克鲁译，《第二性》II，上海：上海译文出版社，2011年，第346页。

海洋与女性主体
——伍尔夫海洋意象解读

在与过去隔绝。因为个体的身份是一个持续的发展过程，珍妮无法建立自己的主体性。同时，她的身体丧失了自主的行动力，只是等待，她所有的举止和微笑只是为了召唤男性。确切地说，珍妮否定了自身，她只是男性注视下的虚假的客体。在对身份的追求中，珍妮以矫饰的面貌对待外部世界和内心世界、公共生活和个人生活、过去和现在等二元空间。她与父权社会妥协，将身体看作身份的象征，她精心打扮自己，使自己出众，借此实现自己的特殊化。珍妮是父权社会的一个被物化的女性，她没有建构自己的独立的个性，她一生对身份的追求注定是一次失败的尝试。

《海浪》的所有角色都在努力确定自我，找到人生的价值。在罗达独处的时候，把自己想象成勇敢的船长；苏珊把自己的价值寄托在家庭生活中；珍妮生活在男性的注视下，认为这就是一个女性的价值。然而，三位女性都生活在父权制社会中，她们必须扮演父权社会的女性角色，作为个体的潜力受到压抑，她们无法实现真正完整的自我。尽管罗达雄心勃勃，但她的自由和自主永远无法在外部现实中实现，她始终处于群体与个体二元对立的思维中，最终将自己与世界隔绝。苏珊扮演妻子和母亲的角色，她觉得自己很完整，但与群体的接触唤醒了她，她意识到自己作为一个个体的价值在扮演母亲角色的过程中丧失了。罗达和苏珊努力逃避与其他人的牵连，渴望发现脱离群体的真我。与罗达和苏珊相反，珍妮放弃了她的个人生活，宁愿活在男性的凝视之下，她的主体性是虚假和残缺的。《海浪》中女性面临的最无法解决的问题是群体与个体之间的冲突。伍尔夫本人也害怕群体会抹去一切个人体验，人们在群体的生活中发展共性，逐渐丧失个性。实际上，个人意识与群体经验相互作用，如果没有群体的参与，很难识别出一个人的身份。

海洋的节奏和运动为人物之间复杂的互动提供了一个恰当的象征，在群体生活中，人们能够回到一个基本"相同"和"潜在对等"的象征性空间。小说以"海浪拍岸声声碎"结尾，当波浪在岸边破碎时，其水流结束，浪花会下沉到更低的水平，即将退到海里，但它们随后也会涌起到最远的地方。当它们与周围的水域最为不同时，这种突破是它们最大的自我主张，但它们很快就失去了个性。同时，它们也是周围水域的一部分，在某种程度上，这些水域造就了它们的本来面目。

弗吉尼亚·伍尔夫对人类模棱两可、变化无常、充满矛盾的本性很敏感。为了刻画现实的模糊性和复杂性，伍尔夫《海浪》中的人物都象征着个性的一个方面。伍尔夫认为："一个人的生活并不局限于一个人的身体，也不局限于一个人的言行；一个人的生活总是与某些背景或概念有关。"[①]伍尔夫认为人类是一个整体，人们不能离开群体而生活，人们的身份在很大程度上与他们的群体密切相关。伯纳德在《海浪》中解释了伍尔夫的思想："这种我们那么看重的彼此之间的差别，这种我们那么狂热地珍

---

① Virginia Woolf, Moments of Being, Ed. Jeanne Schulkind, London: Hogarth Press, 1985, p.73.

海洋与女性主体
——伍尔夫海洋意象解读

爱的各自的个性,均已经被克服……这儿,我的额头上有我在帕西瓦尔坠马而死时所受到的打击。这儿,我的后颈上有珍妮送给路易斯的亲吻。我的眼睛里噙满了苏珊的泪水。我从很远的地方看见罗达曾经看见的那根像一根金线一样颤动的圆柱,并且感觉到当她跃起飞翔时所带动的那一阵儿疾风。"①在《海浪》中,伍尔夫没有将人物视为个体;相反,她描述了人类作为一个整体的意识。她在《一间自己的屋子》里声称,一篇好的文章应该捕捉"现实生活中的普通生活,而不是……我们作为个体的小小的独立生活"②。这六个人物被视为人类意识的六个方面,呈现了人类在探索生命意义时的精神困境。

伍尔夫强调,三个女性角色正经历着父权社会的更大挑战,她们的人生选择受到限制,她们都在自我的世界和群体的生活中进进出出,不断地被群体生活塑造和解构。事实上,她们对自我和他人的感知不是孤立的,她们的感受、幻想、理解和思考是重叠的。她们各自的声音得到补充,并反映在其他人的声音中。她们面临着身份在群体中建构和消解的恐惧。伍尔夫描绘了女性作为一个整体的精神困境。从这个意义上说,罗达、苏珊和莉莉这三个女性角色都是女性意识的一个方面,伍尔夫关注的是在父权社会中女性的奋斗和追求,以及她们如何定义自身。

---

① 弗吉尼亚·伍尔夫著,曹元勇译,《海浪》,上海:上海译文出版社,2012年,第262页。
② Virginia Woolf, A Room of One's Own, Ed. Susan Gubar, Orlando: Harcourt, Inc. 2005, p.171.

从黎明到黄昏的海洋意象与人物从出生到死亡的精神追求相呼应，表明他们对身份的不懈追求。大海的涨落意味着大自然对人类追求的努力漠不关心。无论人类如何努力寻找自己的身份，他们都无法逃避自己的命运。同时，海洋呈现为一种更具创造性的意象，与人类心理追求的节奏同频。伍尔夫关注的是人类必须面对的更复杂的关系，波浪起伏表明了人类身份建构与解构、接受与拒绝、分离与个性化、活在当下与追忆过去的无尽过程，海洋意象有力地表明了现代人的精神困境。

第五章　海洋与命运共同体的构建

弗吉尼亚·伍尔夫是20世纪英国最伟大的作家之一，其创作所展现出的高度思想性和艺术独创性，开创了一个崭新的文学时代，恰如大卫·邓比所指出的，从伍尔夫身上"可以听见整个西方文学传统呼吸的声音"①。作为一位具有强烈自我意识的女性主义作家，伍尔夫把女性主义文学思潮推向了一个更为自觉、更为复杂的境界。独特的童年经历决定了伍尔夫小说的主题、题材、风格特别是海洋意象的运用，《远航》《到灯塔去》《海浪》等已成为海洋叙事的经典文本，事实上，海洋构成了伍尔夫小说创作的一个核心意象，与女性主体的建构共同融凝为伍

---

① 胡艺珊著，《与伍尔夫相遇》，《读书》2015年第3期。

尔夫小说创作的基本母题。

独特的地理位置决定了悠久的海洋文化传统,海洋叙事也构成了英国文学的一个重要脉络。大海是伍尔夫永恒的回忆和向往,童年时代伍尔夫几乎每年夏天都在康沃尔郡海滨度过,这里成了伍尔夫"最爱的地方"。"康沃尔之于伍尔夫,如同湖区之于华兹华斯,在自然中现实的感性情调是后来的生活经验无一能超越的。"[①]海洋记忆构成了伍尔夫创作的主色调,恰如昆丁·贝尔所指出的那样:"我们不但在《到灯塔去》和《雅各的房间》中,我想还包括在《海浪》中都察觉了它。对她来说,康沃尔是她少年时代的伊甸园,一个难忘的天堂。"[②]海洋之于伍尔夫小说,不是一个单纯的抒情或叙事意象,而是一个具有高度思想性和情感性的人-海同构意象,是一个集情感性、心灵化于一体的审美意象,毫无疑问,海洋意象构成了伍尔夫小说的"关键词"。

不同时代对海洋的认识和理解各不相同,因而呈现出的文学形象也各不相同。与此前的海洋书写相比,现代主义小说的一个显著特点就是意象的广泛运用,意象使西方文学摆脱了外部真实转向内心世界,因而更具开放性和现代感。18世纪后,海洋更是作为自觉的审美形象进入作家的视野,涌现出了一大批经典海洋文学作家,伍尔夫展现

---

① 易晓明著,《优美与疯癫:弗吉尼亚·伍尔夫传》,北京:中国文联出版社,2002年,第4页。
② 昆丁·贝尔著,萧易译,《伍尔夫传》,南京:江苏教育出版社,2005年,第36页。

海洋与女性主体
——伍尔夫海洋意象解读

了她的独特价值和意义。伍尔夫对海洋怀有强烈而复杂的情感，海洋不仅构成了伍尔夫小说主人公活动的空间、背景，而且与所表达的精神性主题和作家的生命意识深度契合，极大地拓展了小说的意义空间，并在一定程度上具有了独立的本体性审美价值。

海洋留给人类的第一印象是神秘、阻隔、破坏，即作为自然力的无法抗拒，《圣经》所呈现的海洋的第一面影是"渊面黑暗"，是神秘和危险的象征。自《荷马史诗·奥德赛》始，海洋的冷漠、神秘、恐惧等都成了文学叙事的首要主题，形成了西方文学的一个持久传统，这显然与人类对海洋的认知水平有关。在伍尔夫小说中，海洋绝不仅仅是单纯的自然物象，也是一个希望和恐惧并存的复杂意象，"海浪既体现了生命的循环，又孕育着死亡的种子"[①]。大海既代表了冷酷的大自然，是令人恐惧的力量，同时也象征着阻碍女性精神世界成长发展的父权社会。伍尔夫说："汤姆斯·哈代体会到大自然像观众一样，对人类同情、嘲笑或者漠不关心。"[②]事实上，伍尔夫笔下的海洋，同样充满了冷漠乃至死亡的讯息，如《海浪》中："不断的潮起潮落，潮落潮升。而且浪潮也正在我的身上涌起……现在，我骑在你背上，当我们挺直身子，在这段跑道上跃跃欲试的时候，我们望见那正在朝着

---

① 瞿世镜著，《意识流小说家伍尔夫》，上海：上海文艺出版社，1989年，第159页。
② Virginia Woolf. "Novels of Thomas Hardy" in The Essays of Virginia Woolf, Vol.5, 1929-1932, Boston: Houghton Mifflin, 2010, pp.562-563.

我们迎面冲来的是什么敌人啊?那是死亡。死亡就是那个敌人。"[①]再如《远航》中的蕾切尔临死前在幻想中沉入了海底。在经历了1927年日食之后,伍尔夫的思想发生了显著变化,她对自然、生命、死亡等有了新的领悟,大海不仅标示着现实世界,还投射出其背后一个更真实的情感"世界"。《远航》中蕾切尔经历了海上航行,最终却客死异乡;《到灯塔去》关于大海的描写令人生畏,拉姆齐夫人建立的和谐与秩序在狂风巨浪下荡然无存。在大海的喧嚣声中,每个人的言说都变得苍白而自恋,大海象征着人们精神追求的对立面,是一个阻碍女性追求自由和自我成长的晦暗力量。

英国文学具有悠久的象征传统,本质上象征仍是一种外在化二元论的情感表达方式,伍尔夫创造的海洋意象进一步强化了"所指"与"能指"的互融互渗,创造了一种更具主观化、意象化的"所指",也即伍尔夫所关注的并不是海洋自身,而是人的情感和心灵世界。因而,海洋之于伍尔夫不再是一个外在的对象性存在,也不再是单纯意义上的"空间",而是一个主人公内在情感的象征物。更重要的是,这种情感不是一种此前文学所表达的单一性情感,而是一种成长性的情感,海洋与女性的精神成长、内心世界、情感变化遥相呼应,构成了鲜明的同构关系。《远航》中的蕾切尔离开原来狭小的生活空间,远航南美洲,随着视野的扩大自我意识得以滋生成长,与之相悖的

[①] 弗吉尼亚·伍尔夫著,曹元勇译,《海浪》,上海:上海译文出版社,2000年,第61页。

海洋与女性主体
—— 伍尔夫海洋意象解读

是,她仍旧生活在英国游客之间,事实上,她的所谓"出航"变成了"归航",对外部世界的"遥望"变成了对维多利亚社会的"回望",日益增长的自由想象与压抑的现实生活之间产生了剧烈的矛盾冲突,并最终导致死亡的不可避免。伍尔夫对大海充满黑暗、阴沉的描写,与人物命运的阴郁基调形成了相互映射。再如,佩伯先生谈论"深不可测的大海":"那些白色无毛的盲眼怪兽,它们蜷缩在深海的沙脊上,如果把它们带上海面,失去压力时,它们的体侧就会炸开,内脏四散到空中……"① 如果说"深不可测"的大海隐喻了维多利亚父权社会现实的话,"白色无毛"怪兽更是对蕾切尔命运的隐喻——怪兽到了海上会因失去压力爆炸而死,同样地,蕾切尔离开压抑的生活空间,获得自由的同时也最终失去了生命。在这里,伍尔夫借助想象从丑恶中发掘出现代社会更具本质的内涵和特征,传达出现代人在无形的丑恶之中遭遇的压抑和不幸。父权社会的歧视和偏见压制了女性的自由发展,看似获得自由的场域空间其实受制于不自由的心理意识,她们的主体意识与社会定位无法调和,只能以女性个体的悲剧收场。《远航》中,当蕾切尔注意到安布罗斯夫妇间亲吻的瞬间时,忽然发现了"昏暗的海底",显然,"昏暗的海底"不只是英吉利海峡的真实写照,更代表了蕾切尔朦胧的性意识乃至晦暗和不确定的自我,而当蕾切尔第一次与异性接触时,她复杂的心理体验更是通过大海意象鲜明地

---

① Virginia Woolf, A Room of One's Own & The Voyage Out, London: Wordsworth Classics, 2012, p.160.

第五章 海洋与命运共同体的构建

传递出来:"她靠着船栏杆,渐渐地什么也感受不到,只因她的身体与神智逐渐发冷,寒意蔓延全身。远处,黑色白色的小小海鸟漂浮在波浪间。它们在浪尖波谷优雅淡然地起伏着,看上去异常地疏离与冷漠。"[①]大海带给蕾切尔的并不是愉悦和抚慰,而是冷漠和疏离,以及强烈的孤独和恐惧,事实上,大海象征着一个年轻女性在父权社会下的无助、迷茫和恐惧。

波德莱尔认为,作家不仅仅要表现人与自然之间的感应关系,更要意识到自然中渗透着超现实的真实,这种存在于万事万物中神秘的象征是不能通过模仿来言说的[②]。因此,在现代主义作家眼里,自然作为现实世界,只不过是另一个世界的"外形",在其背后隐藏着一个真实的世界。伍尔夫笔下的大海与女性所置身的冷酷的现实构成了对应关系。《到灯塔去》中拉姆齐先生想象着大海对陆地的吞噬,拉姆齐夫人则担心在海边行走会被卷入海中溺亡。再如,大海波涛叠起,浪花四溅,风和虫害侵蚀了小岛。伍尔夫其实受到了弗洛伊德心理学的影响,海中的小岛就像是"自我"在现实世界的积累,而大海就是一股突如其来的毁灭性力量,海风和海浪对人们的努力和追求视而不见,冷漠和暴力席卷了小岛,拉姆齐夫人建立的家庭秩序也荡然无存。大海不但隐喻了时间的残酷,也隐喻了

---

① Virginia Woolf, A Room of One's Own & The Voyage Out, London: Wordsworth Classics, 2012, p.205.
② 夏尔·波德莱尔著,郭宏安译,《波德莱尔美学论文选》,北京:人民文学出版社,2008年,第402页。

海洋与女性主体
—— 伍尔夫海洋意象解读

文明的消逝和"自我"的消亡。在残酷的大海面前，以拉姆齐夫人为代表的传统女性价值失去了意义，而以莉莉为代表的新女性无法与传统女性建立情感联系和支持，同样无法建构自我的身份。海洋意象所代表的这种情感上的隔膜、疏离感，同样表现在《海浪》中。《海浪》将人生压缩到一天的时间结构里，每个时间段都描绘了不同的海浪和阳光的变化，从天亮到黄昏，从春天到冬天，海浪按照自然的规律律动和喧哗，小说中的三位女性人物都以自我为中心建立自己的世界，追求着各自不同的身份，但大海并没有给她们带来任何的指引和安慰，反而与她们追求自我的努力形成了鲜明的对立关系。

  伍尔夫一直探讨如何表达沉默，即那些无法言说的情感和印象。在伍尔夫生活的时代，女性遭受到普遍性漠视、嘲笑和批评，很难表达真实的内心世界，事实上，她们处于失语的状态。伍尔夫笔下暗潮汹涌的大海，不仅代表着某种否定、摧毁人类秩序、文化和文明的残暴晦暗力量，同时更是隐喻了维多利亚时代女性位于社会边缘，无法确定真实自我，自我意识无法发展，主体性无法建构的残酷现实。

  如前所述，自我意识、自我建构构成了伍尔夫小说创作的逻辑前提，鉴于此，伍尔夫更加注重表达女性的心灵真实和精神成长。伍尔夫曾经猛烈抨击威尔斯、贝内特和高尔斯华绥等小说家"不关心心灵，只关心身躯"，并贬斥其为"物质主义者"。伍尔夫几乎所有创作都可以看作在探索和审视女性生命中隐秘的内心世界和隐晦的成长体验。

　　伍尔夫的童年创伤性记忆，对其创作产生了深潜的影响，这直接促使其对女性自我意识保持着更为敏感和强烈的态度。在《一间自己的屋子》中，伍尔夫把经济上的独立——拥有"一间自己的屋子"——看作女人的第一需要，"一间自己的屋子"所表达的其实是维多利亚时代女性所普遍面对的空间焦虑。因为在伍尔夫看来，一个男性主导的社会，女性话语被严重忽视，妇女被禁闭在男性话语的牢笼之中，社会按照男权思维对女性的身份、话语乃至情感进行重新编码，话语权的缺失导致她们处于失声状态，事实上，女性成了一群被迫缄默的人。伍尔夫对英国传统的"屋子里的天使"形象，表现出了强烈的厌恶、反叛态度，"杀死屋子里的天使"成了回荡在伍尔夫小说中的一个潜在声音：在伍尔夫看来，"屋子里的天使"不仅是英国社会对女性的理想和期待，而且已经内化为一种普遍性的思维规范，作为一种强大力量内在地规约着女性的思想和行为。在《女性的职业》中，伍尔夫明确表示："对于女性解放的要求，并不仅仅在于让女性去从事男人所做的事（现在女性也可以从事），更在于一种漫游的全面自由，包括地理上的和想象力上的。"[①]也即伍尔夫理想中的女性解放是"内在的，情感的，智力的"。创造一个"完整的人"，构成了伍尔夫女性主义小说创作的根本出发点。

---

① 丽贝卡·索尔尼特著，米语译，《伍尔夫的黑暗：拥抱那不可言说》，《上海文化》2016年第1期。

海洋与女性主体
——伍尔夫海洋意象解读

作为"布鲁姆斯伯里团体"的重要成员,伍尔夫深受克莱夫·贝尔形式美学的影响,事实上她的小说一直在寻找一种"有意味的形式",正如哈维娜·瑞恰所言:"弗吉尼亚·伍尔夫将之(指'有意味的形式')融为一种文学形态,其中,感觉与形式、主题与内容、自我的各个方面、时间与现实形成一个相互依存的整体。"[①]伍尔夫赋予海洋意象某种独特的女性情感、女性意识,将大海与女性巧妙连接在一起,看似无关的大海适时地与她们构成了一个统一的整体,甚至在没有觉察的时候,进入她们的情绪和心灵,促成女性意识的生长,并带给她们愉悦、慰藉和思想的发展。大海作为一个包容性意象,寄托了她们的心灵情感和不可言说的自我。《到灯塔去》中的拉姆齐夫人"她正襟危坐,继续编织,正是在这种状态中,她感到了她的自我;而这个摆脱了羁绊的自我,是自由自在的,可以经历最奇特的冒险。当生命沉淀到心灵深处的瞬间,经验的领域似乎是广袤无垠的……她的目光向窗外望去,遇见了灯塔的光柱,……她注视着这灯塔的闪光,就会情不自禁地把自己和某种东西,特别是她所看到的东西,联系在一起"[②]。在这里,女性自我意识与大海已经完全融为一体。

卡罗尔·H. 坎特雷尔认为,对于现代主义者来说,

[①] H.ichter, Virginia Woolf: The Inward Voyage, Princeton: Princeton University Press, 1970, p.20.
[②] 弗吉尼亚·伍尔夫著,瞿世镜译,《到灯塔去》,上海:上海译文出版社,2008年,第75页。

第五章 海洋与命运共同体的构建

"观察者融入了被观察的对象之中，观察者与被观察的对象形成了一种对话、谈判的关系，甚至跨越了物种的界限。"[①]伍尔夫的笔触深入到深邃的时空之维，使自然与人的意识甚至无意识建立联系，人物与自然形成了内在互动，《到灯塔去》中的凯姆、《海浪》中的罗达，通过自然意象，传达或建立了对社会和生命的感知，暗示了人类生活的其他可能性。《远航》中的蕾切尔，随着"远航"，她的自我意识逐渐觉醒，并借由转瞬即逝的自然物象，获得了对生命新的感悟："现在，在她看来，……她希望得到的确实比一个男人的爱要多得多——海和天空。她再次转过身去看那远处的蓝色，在水天相接的地方是那样的平滑、宁静，她怎么能只简单地要一个人呢？"[②]"远处的蓝色"与蕾切尔的内心世界建立了一种对话关系，不管蕾切尔是否意识到，大海已深入到她的内心世界，与她的情感、直觉、想象融为一体，既加强了自由的理念，同时也暗示了其内心对婚姻的不确定感。《到灯塔去》中面对拉姆齐夫人突然去世、普鲁难产而死、安德鲁战死沙场等变故，大海"波涛叠起，浪花四溅"；当人的内心复归和谐安宁，大海也变得"晴空万里，波平如镜"，大海与人物的内心感受浑然一体，海洋意象与主人公的情绪以

[①] C. H.Cantell, "The Locus of Compossibility": Virginia Woolf, Modernism, and Place in Michael P. Branch and Scott Slovic, The ISLE Reader: Ecocriticism, 1993-2003, Athens: University of George Press, 2003,p.34.
[②] 弗吉尼亚·吴尔夫著,黄宜思译,《远航》,北京：人民文学出版社，2003年，第344页。

海洋与女性主体
——伍尔夫海洋意象解读

及故事发展,构成了奇妙的同构关系。伍尔夫作品中的自然意象与女性的感知建立了内在联系,凝化为一种新的人文自然。

伍尔夫认为,现代小说要弱化纷繁复杂的外在表象,直抵人物的内心或精神世界。大海意象就是伍尔夫沟通外在生活与精神世界的桥梁。在《到灯塔去》中,伍尔夫尤其突出了大海这一自然意象,将大海与女性的内心世界融为一体:"……当夕阳的余晖褪尽,大海也失去了它的蓝色,纯粹是柠檬色的海浪滚滚而来,它翻腾起伏,拍击海岸,浪花四溅;狂喜陶醉的光芒,在她眼中闪烁,纯洁喜悦的波涛,涌入她的心田,而她感觉到:这已经足够了!已经足够了!"[1]加斯东·巴什拉在《空间的诗学》中提出了"幸福空间"概念:"我们的探索目标是确定所拥有的空间的人性价值……被想象力所把握的空间不再是那个在测量工作和几何学思维支配下的冷漠无情的空间。它是被人所体验的空间。它不是从实证的角度被体验,而是在想象力的全部特殊性中被体验。"[2]很明显,拉姆齐夫人把自己代入这幅大海和灯塔构成的画面中,共同构成了一个生态整体,并在不知不觉中从大海和灯塔处获得了美、力量和支持,焕发出柔和而坚定的光芒,情感与大海达成了内在认同,大海事实上已经成为具有美学意味的"幸福

---

[1] 弗吉尼亚·伍尔夫著,瞿世镜译,《到灯塔去》,上海:上海译文出版社,2008年,第79页。
[2] 巴斯东·巴什拉著,张逸婧译,《空间的诗学》,上海:上海译文出版社,2009年,第1页。

空间"。

　　康德认为，意象是与精神（灵魂）紧密联系在一起的。意象的运用，让伍尔夫的小说具有了丰富象征性，能够触发个体生命最微妙的哲思。伍尔夫的小说经常出现主人公站在窗边向外瞭望的画面，这其实是一种隐喻表达，隐喻了那些被阻隔和禁锢的自我，以及欲望和想象。《海浪》里的罗达追求自我，渴望定义自己的身份，但是她的追求在现实中得不到丝毫的回应，只能无奈地看着褐色盆子里的白色小花，把自己想象成船长……也就是说，罗达只有在想象中才能实现自我的达成，她的渴望和抱负只能在幻想和梦境中显现出来，而当罗达进入现实社会，她只能被动地"跃上波峰，跌入波谷"，最终"化成泡沫"。在伍尔夫的作品中，大海与女性紧密连接，大海不但启发了她们视角的变化，而且发展了女性的自我认知，促成了她们的顿悟。另外，生活在父权社会秩序中的女性，似乎只能沉浸在白日梦中。勃兰兑斯说："对于英国人来说，大海一向是自由的伟大象征。"[①]然而，罗达却不得不把"褐色的盆子"幻想成大海，借此表达她在父权社会中不可言说的梦想，无疑带有强烈的批判性和悲剧色彩。

　　在男权文化传统中，女性沦为被漠视被压制的"第二性"，在伍尔夫生活的时代，女性被普遍称为"柔弱的性别"，事实上，伍尔夫自己也常常陷入一种性别的焦

[①] 勃兰兑斯著，张道真等译，《十九世纪文学主流》第4分册，北京：人民文学出版社，1984年，第10页。

海洋与女性主体
—— 伍尔夫海洋意象解读

虑之中,感到自己的心"被女人的躯体所拘囚"。她常说:"我有一个女人的感情,但我只有男人的语言。"①女性意识与男权主义的消解本质上是一个硬币的两面。伍尔夫对女性自我建构的努力,必然导致对男权主义的质疑和消解。大海意象有利于建构两性融合发展的"象征秩序",进而与"前符号态"的实践相联系。拉康在描述象征秩序时将男性放置于靠近菲勒斯中心能指的地位,而女性只能处于边缘的尴尬境界,而在女性主义批评家那里,不再强调女性的边缘身份而是看重女性写作的象征意义,从而与刚硬和固化的男性话语相区别。因此,伍尔夫的象征主义写作试图解构男性中心化的二元论并建构适合两性和谐发展的生态主义思想。

在《一间自己的屋子》中,伍尔夫对传统小说之女性描写的"异性角度"特别是"男性戴着性别的彩色眼镜观看女性",提出了激烈的批评。同时,伍尔夫提出了"双性同体"的概念,来对抗和消解男权逻各斯主义:"于是我继而外行地画出了一张灵魂的图案,这样一来我们每一个人都有两种力量在统辖着,一种是男性的,一种是女性的;在男人的头脑里,男人胜过女人,在女人的头脑里,女人胜过男人。正常而又舒适的存在状态就是在二者共同和谐地生活、从精神上进行合作之

---

① 林德尔·戈登著,伍厚恺译,《弗吉尼亚·伍尔夫:一个作家的生命历程》,成都:四川人民出版社,2000年,第47页。

时。"① "双性同体"主要不是一个性别身份概念，而是一个心理-情感概念，是一种理想的消除性别对立后的和谐状态。可以说，男性和女性之间的关系是伍尔夫思考和创作的一个原点。伍尔夫在《一间自己的屋子》里进一步提出了"其他性别"的概念："倘若女人写作像男人、生活像男人、长得像男人的话，那会是遗憾之至，因为如果两种性别都不太够格，那么考虑到世界的巨大和多样性，我们要是只有一种性别又怎能应付得了？而且如果有一位探险家回来，带来消息说，有别的性别的人从别的树的树枝当中看着别的天空，那么他就是对人类最大的贡献。"② "其他性别"的概念实际上是在尊重性别差异性的基础上，强调性别间更多的包容、交流和融合。生存的意义并不仅仅在于成为符合文化规范的男性或女性，而是打破二元身份的对立，成为"其他性别"，形成气质的结合与消融。

后结构主义理论认为，女性话语较多地摆脱了传统和模式化的意义，往往更接近象征世界。因此，女性写作就像流动着的水，较少束缚和固化。伍尔夫的作品虽然也探讨了现在/过去、个体/群体、短暂/永恒、男性/女性等对立性存在，但并没有把它们置于绝对矛盾冲突的两端，而是努力在对立中实现和谐平衡，超越了二元对

---

① 弗吉尼亚·伍尔芙著，王义国等译，《伍尔芙随笔全集》II，北京：中国社会科学出版社，2001年，第578页。
② 弗吉尼亚·伍尔芙著，王义国等译，《伍尔芙随笔全集》II，北京：中国社会科学出版社，2001年，第569页。

海洋与女性主体
——伍尔夫海洋意象解读

立思维,体现了强烈的生态整体观。在伍尔夫的小说世界,以大海为意象中心的自然具有了拟人性、情感性,并有意识将人与自然置于同等重要的地位。《海浪》中大海、日光、小鸟、树木与人类并置,与人类构成了统一的生态整体,这些非人类的生命个体,不再是"客体",而是有生命的"主体",这解构了"人类中心主义",自然也是对"男性中心主义"的消解,对女性主体性的超越。《到灯塔去》中莉莉·布利斯库站在海边,眺望大海,"辽阔的距离具有异乎寻常的力量,她觉得,他们被它吞没了,他们永远消失了,他们已经和宇宙万物化为一体,成为它的组成部分了"[①]。当拉姆齐先生、凯姆和詹姆斯与大海成为一体的时候,个体的差异消失,分歧和争端退去,人们之间的共情凸显出来,在大海的连接下,宇宙万物化为一体,男性强权的光芒消失,一切趋向平衡和谐。《海浪》中涌动的海浪隐喻了人们的生命历程,海浪的节奏与生活中"周一之后就是周二"的节奏相契合,浪花的涌起落回,也象征着人类自我的建构和解构的过程。小说中六个人物虽然都是在诉说着自身,讲述着个人的琐碎情感和印象,但是每个人的视角都不是孤立的,都与他人的情感、理解和印象交织融合在一起,互为补充,互为印证。这隐喻着个体的身份不可避免地与他人产生交集,在对于自我的追求中,每个人都面对社会生活中个体消解的危险,海浪

---

① 弗吉尼亚·伍尔夫著,瞿世镜译,《到灯塔去》,上海:上海译文出版社,2008年,第231页。

的节奏暗示了人们像浪花一样奔腾向前,寻找着自我,而浪花最终又回到大海,回到了共性之中,人们的身份永远在群体中变化。伍尔夫运用海浪的意象,隐喻了个体与他人的关系,更隐喻了人类的命运,任何男性或女性的命运都是整体的一部分,是"你中有我,我中有你"的状态,尽管女性的社会空间有限,女性似乎只能像苏珊那样,做贤妻良母,或是像珍妮一样,以身体愉悦自己和男性,或者只能像罗达那样,找不到生存的价值。但是,从整体上来看,每个个体的努力与奋斗、挣扎与彷徨、希冀与追求都是整体意义的表现,个体的绝对差异已经难以区分,每一滴海水终会融入人类命运的海洋,这才是人类永远的潮涨潮落、不息的生命轮回。男性和女性的世界交织在一起,每个人的精神都与其他人相连,人们的痛苦或者幸福是相通的,男性的自恋和自大显得荒谬可笑,这实际上挑战、消解了男权中心主义。

伍尔夫认为,人们的情感是相通的,人生的意义在于与他人、与世界建立的连接中。她在《达洛卫夫人》中将疯癫放入更大的图景中,通过严密的构思与安排,将疾病与健康、战争与和平、上流社会与下层社会勾连起来,借由达洛卫夫人的思考,显示出生命的真谛。伍尔夫写道:"在写这本书时,我简直有太多的念头。我想写生命和死亡、神志健全和精神错乱;我想批评社会体制,去表现运转中的它,表现极端层面的它。"[1]达

---

[1] 昆汀·贝尔著,萧易译,《伍尔夫传》,南京:江苏教育出版社,2005年,第305页。

海洋与女性主体
——伍尔夫海洋意象解读

洛卫夫人和赛普蒂默斯分属两个阶层,生活中并没有交集,伍尔夫让两条叙事线平行发展,时而因偶然发生连接,最终两条平行线在小说结尾处交汇。达洛卫夫人从医生处得知,一个年轻人跳楼自杀了。她心存悲悯,认为:"那青年保持了生命的中心。死亡乃是挑战。死亡企图传递信息,人们却觉得难以接近那神秘的中心,它不可捉摸:亲密变为疏远,狂欢会褪色,人是孤独的。死神倒能拥抱人哩。"①继而,她意识到:"乡村的天空,威斯敏斯特的天空,都与她的一部分生命交融,虽然这念头有点傻。"②赛普蒂默斯抛掉了生命,而达洛卫夫人需要活下去。她发现生命中心就是和人们的连接,她意识到自己与对面楼房老妇人的连接,与宴会宾客的连接,与彼得、萨莉的连接,甚至与赛普蒂默斯的连接,与天空的连接,她的生命的意义就在这连接中。

伍尔夫说:"回到《时光》(当时她把小说《达洛卫夫人》取名《时光》),我遇见它将是一场极其艰难的斗争。那种构思是那么古怪,那么精湛。为了配合它,我总是不得不歪曲其内容。那种构思无疑是新颖的,让我非常感兴趣。"③伍尔夫将疯癫的赛普蒂默斯作为故事的B面,他失去了战友,失去了健康,将要失去

---

① 弗吉尼亚·伍尔夫著,孙梁,苏美译,《达洛卫夫人》,上海:上海译文出版社,2011年,第178页。
② 弗吉尼亚·伍尔夫著,孙梁,苏美译,《达洛卫夫人》,上海:上海译文出版社,2011年,第180页。
③ 昆汀·贝尔著,萧易译,《伍尔夫传》,南京:江苏教育出版社,2005年,第306~307页。

妻子的陪伴。赛普蒂默斯反抗"静养"，反对被剥夺自由、被监视、被规训。达洛卫夫人是故事的A面，时常感到生活的空虚、乏味，但是她在生命的融合中找到了生命的宁静和"中心"。实际上，伍尔夫的整个构思也表达了"连接"的主题。小说中人物众多，他/她们丰富的内心世界一览无余地展示在读者面前，他们的想法、念头和记忆如海浪一般涌起、波动、消散。这些仿佛独立的个体实则彼此相连，你中有我，我中有你。大本钟的钟声、天空、街上的汽车抵达了人们的生活，将人们网在一起。人们在彼此的连接中找到力量，勇敢地生活下去。从赛普蒂默斯那里，达洛卫夫人看到了自己平淡、平庸、绝望的生活，"她觉得自己和他像得很——那自杀了的年轻人"。同时，达洛卫夫人听到钟声和人声响彻空间，她意识到应该"与万物为一"，在与世界的连接中，她恢复了元气，找到了生活下去的力量[①]。

现代人貌似健康的生活中存在疯癫的部分，在压迫、异化的生活中处于精神困境，时常感到生活的无望和挣扎，疯癫是现代人生活的另一面。伍尔夫巧妙地将赛普蒂默斯和达洛卫夫人相连，与外部世界相连。读者借由达洛卫夫人的视角，看到了疯癫的政治性本质。蕾切尔和赛普蒂默斯都是权力机构压榨下的牺牲品，维多利亚时期的父权社会、残酷的战争和权力机构的规训力量都是对个体的无情剥夺，可以说，疯癫是现代人的

---

① 弗吉尼亚·伍尔夫著，孙梁，苏美译，《达洛卫夫人》，上海：上海译文出版社，2011年，第179～180页。

海洋与女性主体
—— 伍尔夫海洋意象解读

另一面，这些人物幻觉中出现的大海代表了自由，唯有死亡，才能让他们回到大海的怀抱，获得真正意义上的自由。

伍尔夫小说的"哥白尼式"转变，最根本的表现为人与人之间的连接，尤其是基于生态整体主义下对"人类中心主义"迷思的消解，她开始重视人与自然之间的道德和谐，将人类的情感和行为与"非人类"世界并置，并赋予同样的价值内涵。在《雅各的房间》《到灯塔去》《海浪》中，伍尔夫运用直接叙述或者视角转化的方式，描述"非人类"的动作、声音，甚至它们的生活目的和乐趣，借以突出这些"非人类"的主体性。《海浪》细微地刻画了大海、光线、小鸟、树叶的形状、颜色、质地、运动和节奏，尤其是对海浪的运动和节奏的描写，在天还没有亮的时候，"波浪暂时平伏一会儿，接着又重新掀起，发出叹息般的声响"[①]。等到太阳落山，海浪又带着叹息似的声响掠过海边砂石退了回去。海浪的描写与人的一生形成对应的关系，海浪成为与人类并置的"主体"。对于大海的描写，表明伍尔夫更加关注人与自然之间的"生命通感"或者说"生命关联"，也就是说人类对自然的审美不是一种"隔岸观火"而是一种介入式的参与，这种生态整体思想解构了人类中心主义。伯纳德对词语孜孜不倦地追求、路易斯对成功的执着都变得无足轻重，男性宏大的人生目标似

---

① 弗吉尼亚·伍尔夫著，曹元勇译，《海浪》，上海：上海译文出版社，2000年，第1页。

乎失去了表面上的意义。伍尔夫中后期的作品，在整体观的观照下，通过海洋这一审美意象的营构，将男性和女性连接在一起，达成了男性和女性的情感和灵魂的相通、实现和谐统一的理想状态，从而实现了对男权中心的否定和摒弃。事实上，伍尔夫一生都在通过创作抗争、消解着维多利亚时代普遍存在的"男性逻各斯中心主义"，她将以"海洋"为代表的自然置于与人类同等重要的地位，实现了对狭义的女性主义的发展和超越。

伍尔夫作品中的海洋代表了冷酷的大自然，同时也代表了阻挠女性追求自我的父权社会，与女性形成对立的关系和状态。值得注意的是，海洋是多维度、多层次的审美意象，和女性互为象征，是女性情感的延伸和寄托，表达了女性在沉默中无法言说的内容，甚至触发了女性的灵感和顿悟。在伍尔夫中后期的作品中，两性被当作一个整体，这种"你中有我，我中有你"的状态最终使两性实现了和谐统一。从生态整体主义的角度来看，海洋似乎被赋予了生命，成为与人类同等重要的"主体"，从而瓦解了"人类中心主义"，当然也是对男权至上主义的解构、对女性主体性的发展。伍尔夫常说，她内心居住着一个焦躁不安的探索者。作为"探索者"，伍尔夫说："艺术具有无限可能性……除了虚伪和做作之外，没有任何东西——没有一种'方式'，没有一种实验，甚至是最想入非非的实验——是禁忌的。"[1]

---

[1] 弗吉尼亚·伍尔夫著，瞿世镜译，《论小说与小说家》，上海：上海译文出版社，1986年，第13页。

海洋与女性主体
—— 伍尔夫海洋意象解读

作为现代主义作家的代表人物，伍尔夫一直在寻找一种"有意味的形式"，伍尔夫作品中的海洋意象，集中体现了伍尔夫的美学思想，同时，也成为表达主题的一个重要方式。

海洋在伍尔夫的笔下成为一个包容性的核心意象，在伍尔夫最早的小说《远航》中，大海更多的是传统意义上黑暗势力的象征，在伍尔夫的笔下，代表着压制性的男权力量；在伍尔夫中期的小说创作中，尤其在《到灯塔去》中，伍尔夫将女性的自我意识与大海融为一体，女性的情感与大海达成了内在认同，大海成了寄托女性情感和思想的"幸福空间"；在后期的作品《海浪》中，潮生潮灭的海浪形象构成了人的生命和意识的永恒象征，不仅如此，大海的描写将读者的视野扩展到整个宇宙，大海成为与人类并置的主体，成了与人类同等重要的生命体，这也揭示了伍尔夫超前的生态观和宇宙观。可以说，在伍尔夫的所有小说中都可以听到大海的声音，而大海这一意象将伍尔夫小说创作的诗学韵味和思想内核不断地推向新的高度。

结　语

作为英国现代主义文学的先驱，伍尔夫重视人的"内在真实"。在伍尔夫看来，内心世界微妙的情感和稍纵即逝的印象才是区别于他人的最重要、最真实的东西。可是如何描述这些纷乱的情绪、复杂的回忆？传统的文学作品显然不能传递出人们心灵隐秘之处的情感。伍尔夫笔下的人物言说着自身，读者得以倾听他们的内心独白，接近人物心灵的真相，在有些情况下，小说中的人物沉默不语，读者借由意象识别出他们。意象是作者和读者之间的共谋，当意象显示在读者眼前，读者深入书中人物的意识或潜意识当中，成为人物身体的一部分，感受和体验到他们内心深处的心理变化。

《远航》《到灯塔去》和《海浪》都是以海洋为主

海洋与女性主体
——伍尔夫海洋意象解读

要意象的小说,这三部小说几乎跨越了伍尔夫的整个创作历程。《远航》是伍尔夫的第一部作品,《到灯塔去》是巅峰时期的代表作,《海浪》是伍尔夫最后创作阶段的作品,同时也是最具实验性的小说,是一部集诗歌、散文、戏剧等多种文学形式的特点于一身的"生命诗学"。可以说,在伍尔夫的创作生涯中,海洋意象占据了重要的位置,发挥了特殊的作用。

《远航》中的海洋适时地出现在女主人公蕾切尔生命中"存在的瞬间",她的远航是人生中的重大转折点。宽阔的海面和未知的世界在召唤,这似乎是一部成长小说。但是故事的主人公是一位不谙世事的年轻女性,性别的差异使得整个故事的走向发生了变化。这位维多利亚时期的年轻女性纯洁而纯粹,她被动地接收外界带给她的刺激。她看到大海,感受到自己的自由,仿佛获得了自己的主体地位。然而,与英国游客的接触将她带回维多利亚父权社会的传统和惯例中,她的特殊性被否定,她认识到性是对女性的剥夺,而爱情和婚姻联系在一起,同样是对女性主体性的侵犯。最终,她在幻觉中沉入海洋,隔断了与社会的关联。蕾切尔的内心感受和最终的死亡都与海洋建立了联系,海洋在"存在的瞬间"显示出来,见证、暗示甚至参与了蕾切尔的心理变化。海洋是自由的象征,蕾切尔看到了自由的模样,越发感到维多利亚社会女性被动的客体地位。

海洋意象在《到灯塔去》中占据了更大的比重,读者在整部小说中听到了大海的涛声。大海涌动向前,一如

结 语

人类推动生命,克服困难一路向前。面对来自外部世界的威胁和生命的短暂,人类唯有创造,才能克服心里的恐惧。拉姆齐夫人将人们聚在一起,创造和谐与温暖,对抗世间的纷争和敌意;莉莉在绘画的过程中,忆起了拉姆齐夫人,她在回忆中创造性地还原了这位可敬的夫人,认识到她的闪光之处,同时看到她的脆弱和平庸,莉莉由此获得了看待世界的角度,也获得了绘画的视角。海洋呈现在读者面前,读者与拉姆齐夫人和莉莉一同站在海边,感受到海洋的平静和暴虐。"深灰色"的大海极具威胁性,提醒拉姆齐夫人"渔夫的妻子"僭越的本质,她只能在房间里,做个"屋子里的天使"。拉姆齐夫人的宴会将黑色的大海挡在窗外,暂时性地创造了一个温暖和谐的空间,而这样的瞬间成为永恒,是拉姆齐夫人生命意义之所在。莉莉面对大海,回到过去的岁月,认识到"蓝色和距离"的力量,她将过去唤回,现在的视角丰富了过去的回忆,她得以重新认识拉姆齐夫人,认识到一位女性先辈内心的丰富和复杂,同时,莉莉认识到与拉姆齐夫人之间的连接和传承,她找到了平衡的视角。

伍尔夫将海洋与人物的内心真实联系起来,海洋不仅暗示、触发了人物的心理变化,还产生了新的情感和印象,促成了对生命的终极感知。伍尔夫运用"时空蒙太奇"等现代主义技巧,将大海意象与女性人物的心理变化勾连起来,这在一定程度上使《到灯塔去》成为现代主义意识流的杰作。

伍尔夫在《海浪》中关注的是人类必须面对的更为

海洋与女性主体
——伍尔夫海洋意象解读

复杂的关系,在追求自我身份的过程中,人类不可避免地面对外部世界与内部世界、个人与群体、现在与过去的统一对立的关系,人类一直经历着被建构、被解构的过程。人们会提出问题:我是谁?我的特殊性是什么?在这一点上,海浪就恰似人类追求身份的过程,波浪起伏显示了人类被建构与解构的过程,人们在发展共性与个性、接受与拒绝、活在当下与追忆过去的无尽循环中认识自我。波浪的上升是当下存在的象征,而低潮将人们带回了过去;人的身份是流动的。海浪的上升也表明了人们对个体空间的追求,而海浪回落到海里则代表了他们对群体的参与。

序曲中的海洋在一天内的变化与人们从出生到死亡的身份追求相呼应,海洋与人类并置,海洋的喧嚣与人类的追求相互映衬。波涛起起落落,似乎对人类追求的努力漠不关心。小说中的六个人物被视为人类的意识,他们每个人都在滔滔不绝地言说着自身,努力彰显出每个人的独特之处,实际上,读者会发现他们的感受、幻想、理解和思考有多处重叠,他们各自的声音得到了印证和补充。

《海浪》中的女性囿于父权社会的规训和惩戒,三个女性代表了三种不同的意识。苏珊接受"屋子里的天使"的女性职责,但是对家庭和孩子的占有并不是特殊性的表现,相反,她是面目模糊的母亲,不能把握自己主体性的本质。珍妮将自己的身体物化,以符合父权社会的期待,她在自欺的模式中扮演着角色,成为供男人凝视的客体。罗达是一位有抱负、有野心的女性,但是在父权社会中,她的一切努力都将是可笑、荒谬的。她将自己与社会和群

结　语

体尽可能地隔离，生活在幻想中。小说中的三位女性无法从家庭和男性中解脱出来，她们无法成为一个主体、一个自由人。

　　海洋叙事是英国文学的一个重要传统，海洋被视为生殖和生命起源的象征。海洋是伍尔夫童年记忆的一部分，是她力量和灵感的源泉。伍尔夫将海洋从她的记忆中移植到她的小说中，那些给予她美好回忆的海洋出现在这些女性人物生命中的"存在的瞬间"，记录、标记和暗示着她们的心理变化，尤其是在重要时刻难以捉摸的感觉、印象和感知。有了海洋的参与，读者得以瞥见小说人物细腻的感知、感觉，那些意识中和潜意识中不易觉察的情绪浮现出来。

　　第一次世界大战之后，人们普遍产生了一种悲观情绪，战争更使人们意识到死亡、疾病等人类共同的敌人。如何在目前的生活中建立秩序和意义，这是现代人所面对的问题，也是现代主义作家探讨的主体。在伍尔夫笔下，大海成了混乱、喧嚣的外部世界的象征，大海深不见底，海底长眠着可怕的生物，塞壬的歌声传来，带来阴森可怕的感觉。在《海浪》中，读者更能体会到大海的汹涌澎湃，周而复始，无休无眠。在这样的场景中，人们如何活出自我？如何找寻生命的意义？大海似乎给人们带来了一部分答案。拉姆齐夫人看到灯塔发出的光束，获得了自我认同，她认为自己就是灯塔，那灯光在漆黑的海上引导着人们，给人们带来光明和温馨。这就是拉姆齐夫人所做的。十年之后，莉莉站在大海边，呼唤着拉姆齐夫人，理

海洋与女性主体
—— 伍尔夫海洋意象解读

解到人们的复杂性和局限性。她的回忆建立了与传统女性的连接，同时找到了自己的视角。

在维多利亚时代，父权社会的女性处于"他者"的地位，《远航》《到灯塔去》和《海浪》中的女性深受男性中心主义的困扰，女性的作用被限制在家庭生活中。《到灯塔去》中的拉姆齐夫人和《海浪》中的苏珊都是"屋子里的天使"的典型代表，她们竭尽所能扮演着母亲和妻子的角色，但是她们最终认识到自己处于客体的地位，她们的面孔是模糊的，父权的世界就像是"深灰色的"大海，时刻围绕着她们，她们不敢越雷池半步，否则的话，人们会认为她们盖过了丈夫的光芒，她们是贪得无厌的"渔夫的妻子"。《远航》中的蕾切尔和《海浪》中的罗达意识到父权社会对女性的要求和索取，实际上是对女性自由和主体性的剥夺，她们的愿景无法在现实社会中实现，只能在幻想中沉入大海，在死亡中实现自由。

伍尔夫关注的不是某个人的命运，她关注的是整个人类的命运。从某种程度上来说，《远航》《到灯塔去》《海浪》都是围绕着人们对自我身份的探求展开，人们不断地探求，不停地追问。人们在外部世界和内心世界徘徊，渴望个人的价值与社会价值取得一致；在群体和个人之间探索，渴望群体的标签，又担心个人的特殊性被共性所吞噬；人们在现在和过去之间穿行，渴望建立时间的连接，为彼此赋予意义。人类终其一生都在渴求，人们的身份一直都在不断地被建构、被解构。实际上，特殊性不是在孤立的生活中形成的，人们不可能离开社会和群体单独

结 语

存在。"连接"是伍尔夫的一个非常重要的主题，《达洛卫夫人》中，退伍士兵塞普迪默斯与上流社会的达洛卫夫人建立了连接，街上的人们借由街上的汽车、天上的飞机建立了连接；《海浪》中的六个人物紧密连接在一起，像是一朵花的六个花瓣，"你中有我""我中有你"；《到灯塔去》的大海同样连接了十年前和十年后的岁月，将逝去的拉姆齐夫人与在世的亲人朋友连接在一起，帮助在世的人们找到人生的意义。

如果把个体作为人类的一分子，融入人类的历史中，个体就产生了对抗岁月、疾病和死亡的勇气。就像大海的奔腾不息，人类的生活生生不息、勇往直前，个体作为其中的一朵浪花，就有了永恒的意味。人们来来往往，不断探索，不断追问，这就是人生的意义。

伍尔夫的视野不仅涵盖了整个人类，她的目光同样触及大自然。她为自然赋予与人类同等的地位，这样的并置把人类从傲慢的人类中心主义的桎梏中解放出来，把大自然中的海浪和小鸟当作主体展开叙事。人类与自然并置，二者又完美地融合，形成了生命的共同体，人类获得了平衡、全面的视角。

伍尔夫一生都是一个不懈的追求者，她一直在寻求生命的真理和"有意义的形式"，她关注人们的生命体验，渴望表达人们的身份和精神追求，致力于创造某种小说形式，在混乱纷争的世界中建立某种秩序。毫无疑问，海洋意象就是这样一种"有意义的形式"，海洋是一个意涵丰富的存在，它代表了外部世界的威慑力量，同时也是自由

海洋与女性主体
—— 伍尔夫海洋意象解读

的象征。波浪的起伏暗示着人们身份的建构与解构的无尽过程，呈现了女性人物心理的变迁。伍尔夫作品中的海洋意象，集中体现了伍尔夫对于现代女性内心世界的强烈关注，同时，显示了她细腻的审美情感。

参考文献

一、英文部分

[1]JANE A. The Venture of Form in the Novels of Virginia Woolf[M]. London: Kennikat Press, 1974.

[2] APTER T E. Virginia Woolf: A Study of Her Novels[M]. New York: New York University Press, 1979.

[3] BANFIELD A. The Phantom Table: Woolf, Fry, Russell and the Epistemology of Modernism[M]. Cambridge: Cambridge University Press, 2000.

[4] BEAUVIOR S D. The Second Sex[M]. Trans. H. M. Parshley. New York: Knopf, 1952.

[5] BEJA M. Critical Essays on Virginia Woolf[M]. Boston: G. K. Hall, 1985.

[6] BELL C. Art[M]. New York: Perigee, 1981.

[7] BELL Q. Virginia Woolf: A Biography, Volume 2[M]. London: The Hogarth Press, 1990.

[8] BENNETT J. Virginia Woolf: Her Art as a Novelist[M]. 2nd ed. Cambridge: Cambridge University Press, 1964.

[9] BISHOP E. Virginia Woolf[M]. London: Macmillan Education Ltd,1991.

[10] BOON K A. An Interpretive Reading of Virginia Woolf's The Waves[M]. Lewiston: Edwin Mellen Press, 1998.

[11] BOWLBY R. Virginia Woolf: Feminist Destinations[M]. Oxford: Basil Blackwell, 2002.

[12] BRADSHAW D. "The Purest Ecstasy": Virginia Woolf and the Sea [C]// Lara Feigel, Alexander Harris. Modernism on Sea: Art and Culture at the British Seaside. Oxford: Peter Lang Oxford, 2009:102.

[13] BRIGGS J. Virginia Woolf: An Inner Life[M]. London: Harcourt, 2005.

[14] BRIGGS J. Reading Virginia Woolf[M]. Edinburgh: Edinburgh University Press, 2006.

[15] BUTLER J. Gender trouble: Feminism and the Subversion of Identity[J]. Routledge, 1990, 5(3): 171-175.

[16] CARLSTON E G. Thinking Fascism: Sapphic Modernism and Fascist Modernity[M]. Stanford: Stanford University Press, 1998.

[17] CAUGHIE P L. Virginia Woolf and Postmodernism: Literature in Quest and Question of Itself[M]. Urbana: University of Illinois Press, 1991.

[18] CIRCLOT J E. A Dictionary of Symbols[M]. Trans. Jach Sage. New York: Welcome Rain Publishers, 2014.

[19] Tudeau-Clayton M. "Time Passes"—Virginia Woolf's Virgilian Passage to the Future Past Masterpieces: A La Recherche du Temps Perdu and To the

Lighthouse[J]. Comparative Critical Studies, 2006, 3(3): 291-323.

[20] CLEMENTS P, GRUNDY I. Virginia Woolf: New Critical Essays[M]. London: Vision Press Limited, 1983.

[21] CLEWELL T. Consolation Refused: Virginia Woolf, The Great War, and Modernist Mourning[J]. Modern Fiction Studies, 2004, 50(1): 197-223.

[22] DALGARNO E. Virginia Woolf and the Visible World[M]. London: Cambridge University Press, 2007.

[23] DAUGHERTY B R. "There She Sat": The Power of the Feminist Imagination in To the Lighthouse[J]. Twentieth Century Literature, 1991, 37(3): 289-308.

[24] DELGARNO E. Virginia Woolf and the Visible World[M]. Cambridge: Cambridge University Press, 2001.

[25] DICK S. I Remembered, I Forgotten: Bernard's Final Soliloquy in "The Waves"[J]. Modern Language Studies, Summer, 1983, 13 (3):38-52.

[26] DUSINBERRE J. Virginia Woolf and Montaigne[J]. Textual Practice, 1991, 5(7): 219-241.

[27] ELLIS S. Virginia Woolf and the Victorians[M]. Cambridge: Cambridge Press, 2007.

[28] EMERY M L. Robbed of Meaning: "The Work at the Center of To the Lighthouse"[J]. Modern Fiction Studies, 1992, 38(1): 217-234.

[29] FERNALD A. Virginia Woolf: Feminism and the Reader[M]. New York: Palgrave Macmillan, 2006.

[30] FISHER J E. The Seduction of the Father: Virginia Woolf and Leslie Stephen[J]. Women's Studies: An Interdisciplinary Journal, 1990, 18(1): 31-48.

[31]FREEDMAN R. Virginia Woolf[M]. London: University of California

Press, 1980.

[32] FROULA C. Out of the Chrysalis: Female Initiation and Female Authority in Virginia Woolf's The Voyage Out[J]. Tulsa Studies in Women's Literature, 1986, 5(1): 63-90.

[33] FRYE J S. The Voyage Out: Thematic Tensions and Narrative Techniques[J]. Twentieth Century Literature, 1980, 26(4): 402-423.

[34] DE GAY J. Virginia Woolf's Novels and the Literary Past[M]. Edinburgh: Edinburgh University Press, 2006.

[35] GALLOP J. The Daughter's Seduction: Feminism and Psychoanalysis[M]. Ithaca: Cornell University Press, 1982.

[36] GOLDMAN J. The Feminist Aesthetics of Virginia Woolf: Modernism, Post-Impressionism, and the Politics of the Visual[M]. Cambridge: Cambridge University Press, 1998.

[37] GOLDMAN J. Modernism, 1910-1945: Image to Apocalypse[M]. Hampshire: Palgrave Macmillan, 2004.

[38] GOLDMAN J. The Cambridge Introduction to Virginia Woolf[M]. Cambridge: Cambridge University Press, 2006.

[39] GUIGUET J. Virginia Woolf and her works[M]. Trans. Jean Steward. New York: Harcourt, 1965.

[40] HABERMAS J. The Structural Transformation of the Public Sphere: An Inquiry into a Category of Bourgeois Society[M]. Cambridge: Cambridge University Press, 1991.

[41] HAFLEY J. The Glass Roof: Virginia Woolf as Novelist[M]. Berkeley: University of California Press, 1954.

[42] HARPER H M. Between Language and Silence: The Novels of Virginia Woolf[M]. Baton Rouge: Louisiana State University Press, 1982.

参考文献

[43] HELLERSTEIN M H. Virginia Woolf's Experiments with Consciousness, Time and Social Values[M]. Lewiston: Edwin Mellen Press, 2001.

[44] HITE M. The Public Woman and the Modernist Turn: Virginia Woolf's The Voyage Out and Elizabeth Robins's My Little Sister[J]. Modernism/modernity, 2010, 17(3): 523-548.

[45] HOTLEY W. Virginia Woolf[M]. London: Hogarth Press, 1932.

[46] HULCCOOP J F. Percival and the Porpoise: Woolf's Heroic Theme in The Waves[J]. Twentieth century literature, 1988, 34(4): 468-488.

[47] HUMPHREY R. Stream of Consciousness in the Modern Novel: A Study of James Joyce, Virginia Woolf, Dorothy Richardson, William Faulkner, and Others[M]. Berkeley: University of California Press, 1954.

[48] HUSSEY M. Virginia Woolf A to Z: A Comprehensive Reference for Students, Teachers, and Common Readers to Her Life, Work, and Critical Reception[M]. New York: Facts on File, 1995.

[49] KELLEY A V B. The Novels of Virginia Woolf: Fact and Vision[M]. Chicago: University of Chicago Press, 1973.

[50] KENNARD J E. Power and Sexual Ambiguity: The "Dreadnought" Hoax, "The Voyage out, Mrs. Dalloway" and "Orlando"[J]. Journal of Modern Literature, 1996, 20(2): 149-164.

[51] KIELY R. Beyond Egotism: the Fiction of James Joyce, Virginia Woolf, and D. H. Lawrence[M]. Massachusetts: Harvard University Press, 1980.

[52] KLAUS C H. On Virginia Woolf on the Essay[J]. The Iowa Review, 1990, 20(2): 28-34.

[53] KOPPEN R. Embodied Form: Art and Life in Virginia Woolf's " To the Lighthouse"[J]. New Literary History, 2001, 32(2): 375-389.

[54] KORT W A. Place and Space in Modern Fiction[M]. Florida: University Press of Florida, 2004.

[55] KULVICKI J V. Images[M]. London: Routledge, 2013.

[56] LEACH L F. The Difficult Business of Intimacy:" Friendship and Writing in Virginia Woolf's" The Waves[J]. South Central Review, 1990, 7(4): 53-66.

[57] LEE H. Virginia Woolf[M]. New York: Knopf, 1999.

[58] LITTLE J. The Experimental Self: Dialogic Subjectivity in Woolf, Pym, and Brooke Rose[M]. Carbondale: Southern Illinois University Press, 1996.

[59] LODGE D. Modes of Modern Writing: Metaphor, Metonymy, and the Typology of Modern Literature[M]. London: Edward Arnold Ltd., 1977.

[60] LOVE J O. Virginia Woolf: Sources of Madness and Art[M]. Berkeley: University of California Press, 1977.

[61] MAJUMDAR R, McLaurin A. Virginia Woolf: The Critical Heritage[M]. London: Routledge & Kegan Paul Ltd., 1975.

[62] MANGRUM B. Silencing the Politics of Literature in Virginia Woolf's The Voyage Out[J]. Genre: Forms of Discourse and Culture, 2012, 45(2): 269-298.

[63] MAO D. Solid Objects: Modernism and the Language of Patriarchy[M]. Bloomington and Indianapolis: University of Indiana Press, 1987.

[64] MAZE J R. Virginia Woolf: Feminism, Creativity and the Unconscious[M]. Westport: Greenwood,1997.

[65] MCGAVRAN J H. Shelley, Virginia Woolf, and The Waves: A Balcony of One's Own[J]. South Atlantic Review, 1983, 48(4): 58-73.

[66] MCGEE P. The Politics of Modernist Form, or Who Rules" The Waves"?[J]. Modern Fiction Studies, 1992, 38(3): 631-650.

[67] MCINTIRE G. Modernism, Memory, and Desire: T. S. Eliot and Virginia Woolf[M]. Cambridge: Cambridge University Press, 2008.

[68] MCNICHOL S. Virginia Woolf and the Poetry of Fiction[M]. London and New York: Routledge, 1990.

[69] MEPHAM J. Criticism in Focus: Virginia Woolf[M]. New York: Palgrave Macmillan, 1992.

[70] MILLER C R. Virginia Woolf: The Frames of Art and Life[M]. New York: St. Martin's Press, 1988.

[71] MOI T. Sexual/Textual Politics: Feminist Literary Theory[M]. New York and London: Routledge, 1985.

[72] MONTGOMERY N. Colonial Rhetoric and the Maternal Voice: Deconstruction and Disengagement in Virginia Woolf's The Voyage Out[J]. Twentieth Century Literature, 2000, 46(1): 34-55.

[73] MOODY A D. Virginia Woolf (Writers & Critics S.)[M]. London: Oliver & Boyd, 1963.

[74] MOORE M. The Short Season between Two Silences: The Mystical and the Political in the Novels of Virginia Woolf[M]. Boston: George Allen & Unwin, 1984.

[75] MYK M. Let Rhoda Speak Again: Identity, Uncertainty, and Authority in Virginia Woolf's The Waves[J]. Text Matters: A Journal of Literature, Theory and Culture, 2011 (1): 106-122.

[76] NAREMORE J. The World Without a Self: Virginia Woolf and the Novel[M]. New Haven: Yale University Press, 1973.

[77] NUSSBAUM M C. The window: knowledge of other minds in Virginia Woolf's To the Lighthouse[J]. New Literary History, 1995, 26(4): 731-753.

[78] PEACH L. Virginia Woolf[M]. London: Palgrave Macmillan, 2000.

[79] PHILLIPS K J. Virginia Woolf against Empire[M]. Knoxville: University of Tennessee Press, 1994.

[80] RICHTER, HARVENA. Virginia Woolf, the Inward Voyage[M]. Princeton: Princeton University Press, 1970.

[81] RONCHETI A. The Artist, Society & Sexuality in Virginia Woolf's Novels[M]. New York: Routledge, 2004.

[82] ROSENBAUM S P. Women & Fiction: The Manuscript Versions of A Room of One's Own[M]. Oxford: Blackwell, 1992.

[83] RUOTOLO L P. The Interrupted Moment: A View of Virginia Woolf's Novels[M]. Stanford: Stanford University Press, 1986.

[84] SAID E. Narrative and Social Space, Culture and Imperialism[M]. New York: Knoph,1994.

[85] SCHENCK C. All of a Piece: Women's Poetry and Autobiography[C]// Bella Brodski, Celeste Schenck. Life/Lines: Theorising Women's Autobiography. Ithaca: Cornell University Press, 1988: 281-305.

[86] SIMPSON K. Gifts, Markets and Economies of Desire in Virginia Woolf[M]. London: Palgrave Macmillan, 2008.

[87] SNAITH A. Palgrave Advances in Virginia Woolf Studies[M]. New York: Palgrave Macmillan, 2007.

[88] SOUTHWORTH H. " Mixed Virginia": Reconciling the " Stigma of Nationality" and the Sting of Nostalgia in Virginia Woolf's Later Fiction[J]. Woolf Studies Annual, 2005 (11): 99-132.

[89] SPILKA M. On Mrs. Dalloway's Absent Grief: A Psycho-Literary Speculation[J]. Contemporary Literature, 1979, 20(3): 316-338.

[90] SWANSON D L. " My Boldness Terrifies Me": Sexual Abuse and Female Subjectivity in The Voyage Out[J]. Twentieth Century Literature,

1995, 41(4): 284-309.

[91] TOMPKIN J P. Reader-Response Criticism: From Formalism to Post-Structuralism[M]. Baltimore: Johns Hopkins University Press, 1980.

[92] URSTAD T S. Real Things under the Show: Imagery Patterns in Virginia Woolf's The Voyage Out[J]. Literature Interpretation Theory, 1998, 9(2): 161-195.

[93] VELICU A. Unifying Strategies in Virginia Woolf's Experimental Fiction[M]. Stockholm: Almqvist & Wiksell International, 1985.

[94] VICINUS M. Suffer and Be Still[M]. Bloomington: Indiana University Press, 1972.

[95] WAN Dimei. A Study of the Presentational Method in To the Lighthouse[D]. Fuzhou: Fujian Normal University, 2003.

[96] WARNER E. Virginia Woolf: a Centenary Perspective[M]. London: Macmillan Press, 1984.

[97] WARNER E. Virginia Woolf: The Waves: Landmarks of World Literature[M]. Cambridge: Cambridge University Press, 1986.

[98] WEINMAN M. Language, Time, and Identity in Woolf's The Waves[M]. Plymouth: Lexington Books, 2012.

[99] WEI Xiaomei. Painting, Poetry and Play: The Hybrid Art in Virginia Woolf' s Modernist Novels[M]. Shanghai: Shanghai International Studies University, 2012.

[100] WHEARE J. Virginia Woolf: Dramatic Novelist[M]. London: Macmillan, 1989.

[101] WHITE H. Tropics of Discourse: Essays in Cultural Criticism[M]. Baltimore: Johns Hopkins University Press, 1978.

[102] WHITWORTH M. Virginia Woolf and Modernism: The Cambridge

Companion to Virginia Woolf[M]. Shanghai: Shanghai Foreign Language Education Press, 2001.

[103] WOLLAEGER M A. Woolf, postcards, and the Elision of Race: Colonizing women in The Voyage Out[J]. Modernism/modernity, 2001, 8(1): 43-75.

[104] WOOLF V. Between the Acts[M]. London: Vintage, 2000.

[105] WOOLF V. Collected Essays. 4 vols[M]. New York: Harcourt, 1967.

[106] WOOLF V. The Common Reader[M]. 上海：上海世界图书出版公司，2010.

[107] WOOLF V. The Complete Shorter Fiction of Virginia Woolf[M]. London: Hogarth,1989.

[108]WOOLF V. The Diary of Virginia Woolf, 5 Volumes[M]. London: Hogarth Press, 1977-1984.

[109] WOOLF V. Jacob's Room[M]. New York: Dover Publications, Inc., 1998.

[110] WOOLF V. The Letters of Virginia Woolf, Volume 6[M]. New York: Harcourt Brace Jovanovich, 1977-1982.

[111] WOOLF V. Moments of Being[M]. London: Harcourt, Inc., 1985.

[112] WOOLF V. Monday or Tuesday[M]. Montana: Kessinger Publishing, 2010.

[113] WOOLF V. Mrs. Dalloway[M]. London: Wordsworth, 2003.

[114] WOOLF V. A Room of One's Own[M]. Orlando: Harcourt, Inc., 2005.

[115] WOOLF V. A Room of One's Own & The Voyage Out[M]. London: Wordsworth Classics, 2012.

[116] WOOLF V. Night and Day[M]. London: Penguin Books, 1992.

[117] WOOLF V. Orlando: A Biography[M]. London:Wordsworth, 2003.

[118] WOOLF V. Three Guineas[M]. San Diego: Harcourt, Inc., 1966.

[119] WOOLF V. To the Lighthouse: The Original Holograph Draft[M]. Toronto: University of Toronto Press, 1982.

[120] WOOLF V. To the Lighthouse[M]. London: Wordsworth, 2002.

[121] WOOLF V. Passionate Apprentice: The Early Journals 1897-1909[M]. London: Hogarth Press, 1990: 282.

[122] WOOLF V. The Waves[M]. London: Penguin Classics, 2000.

[123] WOOLF V. Women and Writing[M]. New York: Harcourt.1979.

[124] WOOLF V. The Years[M]. New York: Penguin, 1968.

[125] ZWERDLING A. Virginia Woolf and the Real World[M]. Berkeley: University of California Press, 1986.

二、中文部分

[1] 巴斯东·巴什拉. 空间的诗学[M]. 张逸婧, 译. 上海: 上海译文出版社, 2009.

[2] 勃兰兑斯. 十九世纪文学主流（第4分册）[M]. 张道真, 刘半九, 徐式谷, 等译. 北京: 人民文学出版社, 1984.

[3] 杜志卿, 张燕. 一个反抗规训权力的文本——重读《达罗卫夫人》[J]. 当代外国文学, 2007（4）: 46-52.

[4] 丁礼明. 劳伦斯现代主义小说中自我身份的危机与重构[D]. 上海: 上海外国语大学, 2011.

[5] 弗吉尼亚·伍尔夫. 伍尔夫随笔全集[M]. 王义国, 张军学, 邹枚, 等译. 北京: 中国社会科学出版社, 2001.

[6] 弗吉尼亚·伍尔夫. 达洛卫夫人[M]. 孙梁, 苏美, 译. 上海: 上海

译文出版社，2011.

[7] 弗吉尼亚·伍尔夫.海浪[M].曹元勇，译.上海：上海译文出版社，2000.

[8] 弗吉尼亚·伍尔夫.到灯塔去[M].瞿世镜，译.上海：上海译文出版社，2008.

[9] 弗吉尼亚·伍尔夫.远航[M].黄宜思，译.北京：人民文学出版社，2003.

[10] 瞿世镜.伍尔夫研究[M].上海：上海文艺出版社，1988.

[11] 弗吉尼亚·伍尔夫.一间自己的屋子[M].王还，译.上海：上海人民出版社，2008.

[12] 弗吉尼亚·伍尔夫.论小说与小说家[M].瞿世镜，译.上海：上海译文出版社，1986.

[13] 高奋.弗吉尼亚·伍尔夫生命诗学研究[D].杭州：浙江大学，2009.

[14] 龚丽君.伍尔夫小说中的意象研究[D].长沙：中南大学，2007.

[15] 胡艺珊.与伍尔夫相遇[J].读书，2015（3）：63.

[16] 凯·雷德菲尔德·贾米森.疯狂天才：躁狂抑郁症与艺术气质[M].刘建周，诸逢佳，付慧，等译.上海：上海三联书店，2007.

[17] 昆汀·贝尔.伍尔夫传[M].萧易，译.南京：江苏教育出版社，2005.

[18] 昆汀·贝尔.隐秘的火焰：布鲁姆斯伯里文化圈[M].季进，译.南京：江苏教育出版社，2006.

[19] 李红梅.伍尔夫小说的叙事艺术[D].苏州：苏州大学，2006.

[20] 李伟.未治愈的创伤——解读《达洛卫夫人》中的创伤书写[J].外国语文，2014（1）：134-140.

[21] 李维屏.英国小说人物史[M].上海：上海外语教育出版社，2008.

[22] 李维屏.英国小说艺术史[M].上海：上海外语教育出版社，2003.

[23]　李维屏.英美现代主义文学概观[M].上海：上海外语教育出版社，1998.
[24]　李维屏.英美意识流小说[M].上海：上海外语教育出版社，1996.
[25]　丽贝卡·索尔尼特.伍尔夫的黑暗：拥抱那不可言说[J].米语，译.上海文化，2016（1）：7.
[26]　林德尔·戈登.弗吉尼亚·伍尔夫：一个作家的生命历程[M].伍厚恺，译.成都：四川人民出版社，2000.
[27]　米歇尔·福柯.临床医学的诞生[M].刘北成，译.南京：译林出版社，2001.
[28]　米歇尔·巴雷特.弗吉尼亚·伍尔夫：女性与写作[M].贾慧峰，译.北京：人民文学出版社，1980.
[29]　牛宏宇.空间理论视域下的弗吉尼亚·伍尔夫研究[D].天津：天津师范大学，2014.
[30]　潘建.弗吉尼亚·伍尔夫：性别差异与女性写作研究[D].北京：北京语言大学，2007.
[31]　桑德拉·吉尔伯特，苏珊·古芭.阁楼上的疯女人[M].杨莉馨，译.上海：上海人民出版社，2015.
[32]　苏珊·桑塔格.疾病的隐喻[M].程巍，译.上海：上海译文出版社，2014.
[33]　瞿世镜.意识流小说家伍尔夫[M].上海：上海文艺出版社，1989.
[34]　瞿世镜.音乐·美术·文学——意识流小说比较研究[M].上海：学林出版社，1991.
[35]　ＳＰ罗森鲍姆.岁月与海浪：布鲁姆斯伯里文化圈人物群像[M].徐冰，译.南京：江苏教育出版社，2006.
[36]　西蒙娜·德·波伏娃.第二性[M].郑克鲁，译.上海：上海译文出版社，2011.
[37]　夏尔·波德莱尔.波德莱尔美学论文选[M].郭宏安，译.北京：人

民文学出版社，2008.

[38] 伍厚恺.弗吉尼亚·伍尔夫：存在的瞬间[M].成都：四川人民出版社，1999.

[39] 杨莉馨."用文字来表现一种造型感"——论罗杰·弗莱设计美学对伍尔夫小说实验的影响[J].南京师大学报，2015（1）：139-146.

[40] 约翰·伯纳姆.什么是医学史[M].严宜藏，译.北京：北京大学出版社，2010.

[41] 易晓明,优美与疯癫：弗吉尼亚·伍尔夫传[M]，北京：中国文联出版社，2002.

[42] 张鹏.弗吉尼亚·伍尔夫的内在矛盾及其小说的"联结"主题[J].外国语文，2014（6）：29-35.

后 记

本书为作者2017年承担的河北省社会科学基金项目成果，项目编号：HB17WW001。

我2019—2020年在剑桥大学访学之际，有机会阅读了大量有关伍尔夫的评论文章和书籍，最终得以在博士论文的基础上完成本书的撰写工作。在此，感谢我的恩师李维屏教授，以及给予我关心和帮助的温奉桥教授、李霁先生等。

感谢本书的责任编辑孙志强先生，他的认真和严谨让我钦佩而感动。由于水平有限，浅薄错漏之处在所难免，请各位读者朋友不吝赐教。

王民华
2022年5月